メディアワークス文庫

あなたたちに捨てられた私は、ようやく幸せになれそうです〈上〉

gacchi

目　次

プロローグ

学園を出た馬車はいつもとは違う道を通る。

もう覚えていないかもと思っていたけれど、窓から見える景色が懐かしく感じる。

そうだ。あの赤い屋根の屋敷《やしき》を過ぎたら、もうすぐ。この国の筆頭公爵家、デュノア公爵家の屋敷に着く。

敷地《しきち》内に入る前に門番に止められるはずなのに、なぜかそのまま中に通される。

もしかして、王家の馬車を使っているから誤解させてしまったのかもしれない。あとで門番が叱られるかもと不安になりながら馬車が止まるのを待つ。少しして、御者がドアを開けてくれた。

馬車置き場から見える景色は何も変わらない。歩き出さなくてはいけないのに、足が震えて動けない。

最後の挨拶に来たけれど、追い返されたらどうしよう。もう私のことなんて忘れたって言われたら。

立ち止まってうつむいていたら、遠くから私の名を呼ぶ声がした。

「アリアンヌ！」

「……リオ兄様？」

顔をあげたら、屋敷の方から人が走ってくるのが見えた。記憶にある声よりも低く、胸をぎゅっと締めつける。

目の前まで来たリオ兄様は、少しだけ背をかがめて私の顔を覗《のぞ》き込んできた。肩まであった白銀の髪は短く、青い目にかかるくらいでさらさらと流れる。私の身長も伸びているはずなのに、身長差は変わらなかった。

「あぁ、アリアンヌ。こんなにやつれて」

「リオ兄様……私、婚約を解消されて、伯爵家から籍を抜かれました」

「解放されたのか！」

「いいえ、商家の後妻として嫁がされるそうです。このまま馬車で嫁ぎ先まで送ると……最後にリオ兄様にお会いできてよかった」

「嫁ぐ？　商人に？」

もう貴族でもない私が公爵家の屋敷を訪ねても、会わせてもらえないかと思っていた。この屋敷で暮らしていたのは八年も前だから、忘れられているかもしれないって。

ううん、違う。リオ兄様に会いたくないと言われたらどうしようと不安に思っていた。でも、こうして顔を見てお別れの挨拶ができた。これでもう心残りはない。たとえ、リオ兄様じゃない人に嫁ぐことになったとしても、それが貴族に生まれた者の義務だ。お父様がそう決めたのなら、あきらめるしかない。それがどんなに苦しくても。

「では、もう行きますね」

「だめだ」

「え？」

「アリアをそんなところに嫁がせるわけないだろう。伯爵家を追い出されたというのなら、ここにいればいい」

「ここに？」

「帰っておいで。大丈夫だ、アリアは俺が守るから」

「でも、もう決まっているって」

「俺がなんとかする。だから、もう安心していい」

「きゃっ」

昔みたいに軽々と抱き上げられ、そのまま屋敷の玄関へと向かう。

リオ兄様に挨拶できればそれでよかった。あとはおとなしく嫁ぎ先に送られるつもりだったから、こんなことは予想外だ。

抱き上げられたまま門のほうを見ると、ここに連れて来てくれた御者と門番が笑顔で礼をしている。それがうれしくて、ちょっとだけ手を振った。

屋敷の中は何一つ変わっていなかった。あの時、伯爵家に連れていかれた日と同じ。時を止めたまま私の帰りを待ってくれていたようだ。

「アリア、おかえり。もう誰にも傷つけさせないよ」

「リオ兄様、ただいま……」

目の前がぼやけて見えると思ったら、頬を優しくぬぐわれて泣いていたことに気がついた。あぁ、まだこんな風に泣けるなんて思わなかった。もう一生分泣いてしまったのだと思っていたから。

1　精霊と遊ぶ令嬢

オスランド王国は古来から精霊と共に生き、栄えてきた。精霊王がこの地に加護を与えたことで、今でもたくさんの精霊が住んでいる。

そして、精霊は気に入った者に力を貸すことがある。精霊の力を借りる精霊術が使える者は敬われ、王族や貴族としてこの地を守るようになった。そのため、この国の貴族は精霊術が使えることが当たり前となっている。

筆頭公爵家のデュノア公爵家の裏庭には、精霊の住処《すみか》となっている泉がある。そのおかげなのか、デュノア公爵家は精霊に愛されるものが生まれやすく、屋敷にはたくさんの精霊が住んでいた。

順番だよって言っているのに、横から違う精霊が私の髪の中をくぐりぬけた。背中まである白金の髪を、小さな精霊が出たり入ったりして楽しんでいる。それを咎《とが》めるように他の精霊たちがぶつかっていく。

「あぁ、もう。ちゃんと順番だって言ってるのに」

叱ると光が少しだけ暗く見える。落ち込んでいるのかなと思うと、おかしくて笑ってしまった。

「アリア、今日も精霊と遊んでいるのか？」

「ええ、みんなが遊んでって言うの」

「楽しいのはわかるけど、少し休憩しよう」

「うん」

いつものように精霊たちと遊んでいたら、リオ兄様がトレイでお茶を運んできてくれた。休憩用に置いてあるテーブルの上に焼き菓子を並べているのが見える。お茶の時間になっても私が屋敷に戻らなかったから、わざわざここまで来てくれたらしい。

「リオ兄様はお勉強終わったの？」

「ああ、終わったから大丈夫。今日の分はもうないから、ゆっくりできる」

「じゃあ、お茶を飲んだら一緒に遊んでくれる？」

「いいよ」

リオ兄様はもうすぐ十五歳になる。この国の貴族は十五歳になった次の春に、学園という場所に通わなくてはいけないそうだ。そのため、今まで以上に家庭教師がつけられていた。私にも家庭教師はついているけれど、リオ兄様はそれよりもずっと難しいことを学んでいる。公爵家の嫡男だから、王族と同じようにできなくてはいけないのだとか。

私は公爵家に住んでいるけれど、公爵令嬢ではなく、公爵の姪《めい》。本当は公爵の弟であるお父様が婿入りした、バルテレス伯爵家の長女だ。この屋敷に来たのは二歳の時だから覚えていないけれど、一つ下の妹マーガレットが生まれた後でお母様が病んでしまい、私を育てられなくなったお父様が伯父様に預けたらしい。

今はお母様も回復して何も問題はないはずなのに、九歳になる今まで伯爵家に帰ったことはない。いずれ伯爵家に帰されるのかもしれないけれど、伯父様は私に公爵令嬢としての教育を受けさせてくれている。

「ねぇ、学園ってお勉強が厳しいの？」

「厳しいかどうかは人によるんじゃないかな。俺は学園で学ぶことは終わっているし、精霊術も剣術も公爵家で学ぶ以上のものはないと思う」

「じゃあ、どうして学園に行かなくちゃいけないの？　絶対に十五歳になったら通わなくてはいけないのでしょう？」

「そうだな。まぁ、社交だとか婚約者を探すためだ」

「婚約者！　……リオ兄様も？」

リオ兄様が婚約者を学園で探す？　思ってもなかったことを言われ、想像してみる。

精霊に愛されている白銀の髪に澄んだ泉のような青い目。外見だけじゃなく、優しいリオ兄様はきっと誰からも愛されるはず。そうしたら、私なんかいらなくなる？

リオ兄様が離れていってしまうと思ったら、悲しくて苦しい。

「ど、どうしたんだ⁉」

「リオ兄様が結婚したら、私はもう一緒にいられない？」

「ええ？　……そうだな、アリア以外と結婚したらもう一緒にはいられないな」

「そんなの嫌だわ。ずっと一緒にいたいのに」

一度泣いてしまったら、後から後から涙が零《こぼ》れ落《お》ちた。こんなわがままを言っても困らせるだけだってわかっているのに。

九歳になっても泣き虫だって言われてしまうかもしれない。だけど、リオ兄様と一緒にいられなくなると思うと涙が止まらなかった。

「アリアは俺と一緒にいたい？」

「うん、一緒にいたい」

「じゃあ、俺と結婚しようか」

「リオ兄様と結婚？」

どうしてそうなるのかと首をかしげたら、リオ兄様は私の近くまで来てひざまずいた。いつもよりも顔が近い。リオ兄様の綺麗《きれい》な青い目が私だけを見ている。

「アリアとは本当の兄妹《きょうだい》じゃない。従兄妹《いとこ》だ。いつかアリアは伯爵家に帰ってしまうだろう。だけど、俺と結婚したらずっと一緒にいてあげられる」

「リオ兄様と結婚したら一緒にいてもいいの？」

「ああ。だけど、その場合はアリアは他の男とは一緒にいられない。死ぬまでそばにいるのが俺でいいのか？」

「リオ兄様がいい！」

リオ兄様とずっといられるというのなら、それがいい。うれしくて笑ったら、リオ兄様はくすぐったそうな顔をしてから、また私を見つめる。

「リオネル・デュノアはアリアンヌ・バルテレスに約束する。俺は永遠にアリアだけを愛する。ここで精霊に誓おう」

リオ兄様の言葉を聞いて、周りにいた精霊たちが喜んで騒ぎ出す。

「私も精霊に誓うわ。私が愛するのはリオ兄様だけよ」

「ありがとう」

抱きしめてくれるのはいつものことだけど、そのまま額に口づけられる。二人とも精霊に誓ったからか、一瞬だけ身体《からだ》を熱が通りぬけて左手の甲に集まる。そこには一輪の花が小さく光っていた。

「お花の模様？　リオ兄様、これは何？」

「あぁ、精霊たちが誓いを聞いて祝福をくれたんだ。俺たちの心が変わらないかぎり、この花は消えない」

「そうなの？　綺麗ね」

何が違うのか、私の花は青色で兄様のは紫色だった。もしかしてお互いの目の色なんだろうか。

「じゃあ、父上たちに報告に行こうか。俺が学園に入ったら他家から婚約の申し込みが来ると思う。その前にアリアと婚約しておきたい」

「うん」

お茶の途中だったけれど、リオ兄様に手を引かれて屋敷へと戻る。伯父様はこの時間は執務室にいるはず。二人で執務室へ向かうと、誰かが言い争っているのが聞こえた。

「そんな急な話は認めないぞ！」

「兄上に認められなくてもこちらはかまわない！」

「ずっとアリアを放置していたくせに何を言いだすんだ！」

「いいから早くアリアンヌを出してくれ。すぐに連れて帰る！」

あの声は伯父様と、もしかしてお父様？　私を連れて帰る？　今までずっと私を避けていたのに、どうして。

先週開かれた私の九歳の誕生会でも、お父様とお母様、そして妹のマーガレットはすぐに帰ってしまった。毎年そうだ。マーガレットが帰りたいと言えば、おおそうか、と言って帰ってしまう。私とは目も合わせず、お祝いの言葉すらもらったことはない。

なぜ伯父様が私の誕生会を開いてくれるのかというと、伯爵家では私の誕生会を開いてくれないからだ。マーガレットの誕生会は開かれているらしいけど、私は招待されていない。そのことでも伯父様とお父様が喧嘩《けんか》をしたのは知っている。

いつもいつもマーガレットだけが大事にされて、私とは会ってもくれない。きっと、お父様とお母様にとってはマーガレットだけが自分たちの子どもなんだ。そうあきらめていたのに、どうして私を連れて帰るだなんて。

「出さないというなら勝手に探させてもらう！」

「あ、ジョスラン。待つんだ！　話は終わっていない！」

逃げなきゃと思った時には遅かった。執務室のドアが荒々しく開いて、中からお父様が出てくる。廊下で立ち止まったままだった私とお兄様を見て、お父様がにやりと笑った。

「ああ、アリアンヌ。そこにいたのか」

「お父様、今日はどうしたのですか？」

「お前を迎えに来たんだ」

「どうして」

機嫌の良さそうなお父様が近づいてくるけれど、連れ帰られるなんて嫌。マーガレットが生まれてから、ずっと伯爵家ではなく公爵家で暮らしてきた。今さら帰ったところで私の部屋もあるわけがない。

「お前の婚約が決まったんだ。喜べ、第二王子だ」

「え？」

「先週の誕生会で見初《みそ》められたらしい。良かったな」

私の婚約者が決まった？　どうして。私はリオ兄様と婚約するのに。呆然《ぼうぜん》としていたら、リオ兄様が私を隠すように前に出る。

「叔父上、アリアは俺と婚約します。その話は断ってください」

「何を言っているんだ、リオネル。お前は公爵家の嫡男ならわがままが通ると思っているんじゃないよな？　伯爵家の令嬢に過ぎないアリアンヌが、王家から、王子から婚約を申し込まれて断れると思っているのか？　それに、もうすでに婚約は結ばれているんだ」

もうすでに婚約は結ばれている？　王子からの婚約の申し出は断れない……？

「そんな勝手に！」

「勝手も何も、アリアンヌは俺の娘だ。婚約相手を決めるのは親の仕事だろう」

「今までずっと放置していたじゃないか！」

リオ兄様に強く非難されてお父様は一瞬怖気《おじけ》づいたように見えたが、ふんっと鼻を鳴らしてリオ兄様の肩を押した。

「だから、家に連れて帰るんだ。これで文句はないだろう。兄上だってずっとアリアンヌを娘として扱えと言っていたではないか。アリアンヌ、今日からは伯爵家に戻るぞ。お前はバルテレス伯爵家の長女としての務めを果たせ」

「は、伯爵家に戻りたくありません」

「お前の意見などどうでもいい。さぁ、帰るぞ」

「嫌です！」

お父様に腕をつかまれて、引きずられるようにして連れて行かれる。私を助けようとしたリオ兄様は伯父様に止められていた。

「父上！　どうして止めるのですか！」

「アリアがバルテレス伯爵家の娘だというのは変えようがない。そして、もうすでに第二王子と婚約を結んだというのなら……。お前は手を出してはいけないんだ」

「嫌です！　俺はアリアを！」

「わかっている！　お前たちの気持ちはわかっている……」

「そんな！　アリア！」

遠くからリオ兄様が私を呼ぶ声が続いている。それにはおかまいなしでお父様は馬車へと私を放り込んだ。無理やり押し込まれたせいで肩や腕をぶつけてズキズキと痛む。速度を上げたのか、あっという間に公爵家の屋敷は見えなくなる。お父様はどれだけお願いしても馬車から降ろしてはくれなかった。


泣いて泣いて疲れ切った頃、馬車は伯爵家の屋敷へと着いた。無理やり降ろされて、屋敷の中へと連れて行かれる。二階の客室だと思う部屋に押し込められた後、お父様は侍女へ命令していた。やっぱり私の部屋もないのに、伯爵家に戻すなんて。

「どうやら公爵家で甘やかされ、わがままになっているらしい。泣きわめいても部屋から出すな！」

「かしこまりました」

ドアの外側に物を置かれたのか開けようとしても動かない。窓から出られないか見たけれど、飛び降りるのは無理そうだった。あきらめて寝台の上に倒れて泣き続ける。

ドアをノックされる音で起きると辺りは真っ暗だった。泣いているうちに寝てしまったらしい。

「……いいわ」

「失礼いたします。夕食のお時間になりましたのでご案内いたします」

「いらないわ」

「いえ、旦那様が必ずお連れするようにと」

「……わかった」

私が嫌がっているのがわかったら、また部屋まで来て無理やり連れて行かれるかもしれない。

侍女の案内で屋敷の廊下を奥へと進む。家族用の食事室に入ると、もうすでに三人は座っている。私が来るのを待たずに食事を始めていた。

「遅いぞ。待たせるな」

「ごめんなさい」

「早く座れ」

空いている席に座るが、三人との席は離れている。まるで三人家族に招待された客が座るような位置だ。誰が見ても四人家族だとは思わない。

お父様と伯父様は兄弟だけど似ていない。伯父様は高位貴族らしい金色の髪に青色の目で陛下の相談役をつとめている。お父様は公爵家の生まれではあるけれど、薄茶色の髪に茶色の目だった。

伯父様は元王女の伯母様と結婚し、生家のデュノア公爵家を継いだ。お父様は伯爵令嬢だったお母様と結婚し、このバルテレス伯爵家に婿入りしている。

バルテレス伯爵家も王家に長く仕える家系で信頼されている家だった。そのため二《じ》男《なん》であるが、公爵令息だったお父様が婿入りを許されたと聞いている。

薄茶色の髪で茶色の目のお父様の隣に、茶髪でこげ茶色の目のお母様と、薄茶色の髪で茶色の目のマーガレットが並ぶ。マーガレットは色はお父様に、顔立ちはお母様に似ている。

白金色の髪と紫色の目の私だけが違って、異物が紛れ込んでいるかのようだ。顔立ちもどちらにも全く似ていない。伯父様の娘だと言ったほうが信じてもらえるのではないだろうか。

誰も一言も話さずに食事は進む。お父様もお母様も不機嫌そうな顔のままだ。それほどまで嫌なら、私を呼ばなくても良かったんじゃないだろうか。出てくる料理は公爵家にいた時とさほど変わりはないが、何を食べても味がしない。昨日まであんなに楽しかった食事が苦痛に感じる。

やはり誰も私が伯爵家に帰ってきたことを喜んでいない。第二王子の婚約者になったことで、仕方なく戻したということなのかな。

はぁ……とため息が出てしまった。とても小さいため息で、向こう側には聞こえないと思った。

ふと視線を感じて顔をあげると、マーガレットと目があった。丸いマーガレットの目が驚いたように開かれると、すぐに目をそらされる。いったい何がと思っていると、異変を感じたお母様がマーガレットに声をかけた。

「マーガレット、どうしたの？」

「ううん、なんでもないの」

「なんでもないって。あなた、ほとんど食べていないじゃない！」

ここからでは見えないが、食事が進んでいないらしい。無理もないと思ってしまう。こんなに暗い雰囲気では食べたくなくなるだろう。

だが、マーガレットに同情したのはそこまでだった。

「だって……お姉様が怖いの」

「なんですって？　何があったの？」

「さっきからずっとにらみつけられていて……」

「え？」

ずっとって。私の目つきが悪かったとしても、目があったのは一度だけだった。

「まぁ！　それだけじゃないのよね？　あなたがこんなにも怯《おび》えているなんて。大丈夫よ。お母様に話してちょうだい」

「だって……怖い」

「何があってもお母様はマーガレットの味方よ」

「あのね、お姉様が私の部屋に来て、私には妹なんていない、すぐに追い出してやるんだからって」

「そんなこと言っていないわ！」

何を言いだすのかと慌てて否定しても、お母様は私をにらんだ。

「まぁぁぁ。やっぱり公爵家で育てられたから傲慢になってしまっているのね。血のつながった妹にそんなことを言うなんて」

「だから、私は言っていません！」

「ベティ、どうなの？」

　お母様は私が否定しても聞かず、後ろに控えていた侍女に聞いた。まだ若い侍女だから、マーガレット付きの侍女だろうか。

「はい。さきほどアリアンヌ様が突然マーガレット様の部屋に押しかけてきまして、妹とは認めない、私がこの家に来たからには追い出してやるとおっしゃっていました」

　すらすらと嘘《うそ》をつく侍女に口をつぐんだ。あぁ、もう何を言っても無駄なことだ。マーガレットが仕組んだのか、お母様が指示を出したのか。この家には私の味方は誰もいない。そんなことは来る前からわかっていたことなのに。くやしくて唇を噛《か》みしめたら血の味がした。

「ねぇ、あなた。やはりアリアンヌを自由にさせるわけにはいかないわ。マーガレットに何かあってからでは遅いのよ」

「うむ。そうだな。アリアンヌは離れに閉じ込めておけ」

「「はい」」

家令と侍女たちが私の腕をひっぱり、どこかへと連れて行かれる。まだ食事中だというのに、おかまいなしのようだ。

そのまま屋敷を出て、裏側にまわると庭の奥に建物が見える。これが離れか。

そういえば、バルテレス伯爵家は王家に仕える家。問題をおこした王族を閉じ込めておく役割を担っていた。もしかして、この離れがそうなのだろうか？

「アリアンヌ様、中に灯《あか》りはありません。これを持って入ってください」

家令に渡されたのは蠟燭《ろうそく》の燭台だった。この暗闇の中、離れには灯りがない？　燭台を受け取って、おそるおそる離れの中に入ると、後ろでガシャンと音が聞こえた。

「え？」

「廊下の突き当たりが寝室になっています。明日の朝、食事をお持ちします」

「ちょっと待って。まだ何も説明を受けていないわ！」

「では、失礼いたします」

玄関の扉はもう鍵がかけられていた。家令たちの足音が遠ざかっていく。

戻ってくる気配はない。仕方なく、燭台の光を頼りに奥へと進む。

ここは本当に貴人を閉じ込めておくための離れのようだ。置かれている家具は古いが価値がありそうなものばかり。ぼんやりとしか見えないが部屋の掃除はされている。おそらく、最初から私をここに閉じ込める予定だった。その証拠に奥にあった寝室の寝台にはシーツがかけられていた。

「……どうしてこんなことに」

ぽつりとつぶやいたけれど、当然ながら返事はない。疲れ切っていたこともあって、机の上に燭台を置いて寝台に転がったら、そのまま寝てしまった。

カーテンのない窓から日が差し込んでいる。窓といっても、かなり上のほうにあって、手が届きそうにない。

寝台の上に座って、しばらくは動けなかった。

昨日起きた出来事を思いだすと涙がこぼれる。泣いていても解決しないのに、涙は止まらない。

考えてみれば、二歳までしかいなかった私とは違って、マーガレットはずっとこの屋敷で暮らしていた。使用人たちがマーガレットにつくのは当然で、突然現れた長女に優しくする理由もない。

どうしてこんなことになってしまったんだろう。第二王子ラザール様が誕生会に来ていたのは本当だけど、私を見初めたというのは嘘だと思う。

第一王子ジスラン様とリオ兄様は同い年で、とても仲がいい。そのため、ジスラン様は公爵家に何度も遊びに来ていたから、私とも顔なじみだった。だからジスラン様とリオ兄様と三人で話をしていたら、ラザール様にいきなり背中を押された。

その勢いで倒れそうになったのをリオ兄様が助けてくれ、ジスラン様がラザール様を叱ってくれた。どうやらラザール様は、ジスラン様とリオ兄様に遊んでもらいたかったらしい。

短く切った赤髪のラザール様は私の一つ下で、去年に開かれた私の八歳の誕生会の少しあとで七歳のお披露目を迎えたという。この国の子どもはお披露目までは他家に行かない。だから名前は知っていたけれど会うのは初めてだった。

ジスラン様に叱られたラザール様はますます不機嫌になって、謝ることなく王宮に帰ってしまった。最後に目があった時にはにらみつけられ、嫌われたと思っていた。

それなのに私を婚約者にしたのは、母親である第二妃カリーヌ様だろうか。

ぼーっと考えているうちに、玄関のほうで鍵が開けられる音がした。行ってみたら、侍女がトレイにのった食事を背の低い棚の上に置いているところだった。

「アリアンヌ様、これから食事はこちらへ置いておきます。食べた後はまた戻しておいてください」

「……わかったわ」

トレイごと棚の上に置かれ、私が自分で運ぶなんておかしいとは思ったけれど、使用人のことがわからないうちは従ったほうがいいと思った。何かすればお父様に言いつけられてしまうかもしれない。

侍女は私に何か言いたげだったけれど、礼をして出て行った。そして、また鍵がかけられた音がした。ずっとここから出さないつもりなのか。

置かれた食事はとりあえずそのままにして、明るくなった離れの中を見てまわることにした。

離れには浴室や手洗い所はもちろん、書庫もあった。狭いけれど食事室や読書室までついている。ただ、浴室は水しかでなかったし、石けんなどはおかれていない。今まで一人で湯あみをしたことはないけれど、やってみるしかない。

着替えの服は置かれていたが、今まで着ていた服とは質が違っている。これは貴族が着るのではなく、平民が着るものかもしれない。侍女の服でもこんなごわごわした布は使わないだろうに。

ため息をつきながら、食事を食事室まで運ぶ。冷めきったスープとパンが二つ。まったく味のしないスープを口に入れるが食欲はない。だけど食べなければ負けるような気がして食べきった。

食事を終えた後、何もすることがなくてぼんやりと寝台の上に座る。まだこの状況を受け止めきれない。昨日まではあんなにも幸せに暮らしていたのに。

一人きりなのが寂しくて、またポロリと頬を涙が伝って落ちた。一度泣き始めてしまえば、止めることができない。毛布の中に入りこんで声をあげて泣いても、誰も慰めてくれない。

どれだけ泣いたのかわからなくなった頃、何かが毛布の上からふれた気がした。毛布をよけてみたら、一輪の花があった。公爵家の庭によく咲いている青い花。

「どうして……ここに花が？」

見上げたら、明かり取りの天窓が少しだけ開いていた。換気をするために開けたのを侍女が閉め忘れたようだ。その向こうに、精霊の光がいくつか見える。私のそばに来たいのに、近寄れない。そんな風に見えた。

「精霊は……ここには入れないのね」

ここは罪を犯した王族が過ごす場所。精霊術は使えなくなっている。だから、精霊はここには入って来られないようになっているはず。それなのに、花を届けてくれた。

「ありがとう」

花を拾い上げてみると、茎に何か書かれている。小さく刻み込まれた文字。『愛している』、その文字を見て、ぽろりと涙がこぼれた。きっと、これを届けてくれたのはリオ兄様。温かい腕の中を思い出したら、また悲しくなる。

帰りたい……リオ兄様のいる公爵家に。

自分の身体に異変が起き始めたのは一週間が過ぎた頃だった。

白金色だった髪が、少しずつ薄茶色に変化していく。手入れができないからかと思ったけれど、光が失われて薄汚れていくように見えた。そして、食事を片づけている時に、ふと見えた左手の甲に悲鳴をあげそうになる。リオ兄様と誓い合った精霊の祝福の花が消えかかっていた。

「リオ兄様……どうして」

心が変わらない限り消えないと言っていたのに。たった一週間で、それだけで変わってしまったというのだろうか。花に刻まれていた『愛している』はお別れの言葉だったとでもいうの？

信じたくない。寝室に戻って、頭から毛布をかぶった。もう涙は出尽くしたと思うほど泣いたのに、それでも涙は枯れなかった。

離れに閉じ込められてから二週間。日に三度食事が届けられる以外は誰も来なかった。侍女二人がこの離れを担当しているようで、交代で私に食事を運んでくる。

一人は申し訳なさそうな顔をしながら、もう一人はにらみつけるような目だった。この侍女はベティと呼ばれていた。あの時、嘘をついた侍女だ。嫌われる理由はわからないが、何も反応をせずに食事を受けとる。

食事も使用人が食べるよりも粗末なものだったが、食欲もないし不満を伝えるつもりもなかったから黙って食べていた。お父様が様子を見に来ることもないし、連絡がくることもない。もしかしたら、このままずっと閉じ込められるのかもしれない。お父様が離れから出すと言わない限り、このままだろうから。

その場合、ここから出ることができるのは三年後になる。貴族なら十二歳の誕生日をむかえた時に精霊教会に行かなくてはいけないからだ。

精霊からの祝福を受けるために精霊教会に行って祈りをささげる。その祈りに応えてくれた精霊の多さを書類にして、王家に報告する。

どうしてそんな報告が必要かというと、精霊に愛されているものを保護するのが目的なのだが、お見合いのために使われることが多い。応えてくれた精霊の数によって、特級、上級、中級、下級、下級以下にわけられる。中級以上の令嬢ともなれば、たくさんの令息から婚約を申し込まれると聞いた。

上級は数少なく、特級と認められたものは今のところ二人しかいない。元王女でもあるオレリー伯母様とリオ兄様がそうだ。

精霊に愛されている者の特徴は色が薄くなるのでわかりやすい。伯母様とリオ兄様は綺麗な白銀色の髪をしている。

私も白金色の髪だから特級かもしれないとは噂《うわさ》されていた。ラザール様の婚約者に選ばれた理由もそうだと思う。ただの伯爵令嬢が王子の婚約者に選ばれるわけはないから。

ラザール様は赤茶色の髪に茶色の目という、貴族としてはめずらしい髪色をしている。第二妃のカリーヌ様は薄茶色の髪に茶色の目の中級なのだが、カリーヌ様の祖母が赤茶髪で下級以下だったらしい。そのため、曾祖母に髪色が似ているラザール様は、下級の精霊術が使えるかどうかも怪しまれていると聞いた。

精霊教会に行く三年後までに、ここから解放されるだろうか。離れの中はすべて見たが、逃げ出せるような隙はどこにもなかった。お父様の考えが変わるのを待つしかないようだ。

あの時開いていた天窓は、月に一度の掃除に来た侍女が閉めてしまった。一輪の花は押し花にしたけれど、もう文字は読めない。リオ兄様とのつながりをなくしたくなくて、紙に挟んであるのを何度もながめている。

ふと、玄関の鍵が開けられた音がした。食事にしては時間が早い？ それだけでなく、数名分の足音も聞こえる。何があったのかとのぞいてみると、書庫に本が運び込まれている。

それが終わると家令だけが残った。家令に会うのは離れに入れられた日以来だ。あの時より態度が柔らかくなった気がするが、何の用だろう。

「アリアンヌ様、先日は失礼な真似《まね》をして申し訳ございません。私は家令のデニスと申します。デュノア公爵家の家令ジャンは兄です」

「ジャンの弟？」

「ええ、そうです。家令になるための教育は公爵家で受け、旦那様が婿入りする際に伯爵家に参りました」

「そうなの」

どうしてジャンの弟がと思ったけれど、伯爵家に婿入りするお父様のために亡くなったお祖父様が選んだ家令なのだろう。お父様よりも年上のデニスは白髪交じりの薄茶色の髪をきっちり結び、銀縁の眼鏡をかけている。眼鏡を外したらジャンに似ているのかもしれない。

「旦那様からお助けできずに申し訳ございません。ですが、公爵家に戻れない今の状況ではこの離れにいるのが一番安全です」

「え？」

「ここは精霊が近寄らないようになっているため、近づくと精霊の力が弱まります。精霊の祝福に影響が出ることを恐れて、マーガレットお嬢様は離れに近づけるなと伯爵から厳命されています」

「ここにいれば、マーガレットが来ない？」

「ええ、同じように旦那様と奥様も。精霊の力が弱まることを恐れ、離れに来ることはありません。アリアンヌ様がここにいる間は手出しされることはないでしょう」

「そう……」

だから、お父様たちはここに来なかったんだ。もうあんな目で見られないとわかって、心からほっとする。家族なのに理由もわからず恨まれているのは嫌な気持ちになる。

「時間はかかりましたが、明日からは担当の侍女を代えます。公爵家の手の者です。食事も元に戻しますので安心してください。ですが、アリアンヌ様が虐げられていると思わせておかないと、旦那様が何をするかわかりません。お辛《つら》いでしょうが、もうしばらく耐えてください」

「うん、わかったわ。ありがとう」

「書庫に入れた本は王家からのお届け物です。王子妃教育に使用する本だそうです。十二歳を過ぎたら王子妃教育が始められるので、それまでにすべて覚えておくようにとのことです」

「すべて？　その本の内容をすべて覚えるの？」

「はい」

かなり大量の本が運び込まれていたように見えたけれど。三年かけて覚えておけということだろうか。

「わかりましたと伝えて」

「かしこまりました」

丁寧に頭をさげるとデニスは出て行った。どうやらデニスのおかげで、ここに閉じ込める以上の嫌がらせはされないらしい。あいかわらずお湯は出ないし、石けんも香油もないけれど仕方ない。これ以上、快適な生活をしてしまえば、デニスが叱られることになる。

書庫に行って確認すると、やはり大量の本と資料が置かれていた。資料は各領地の面積や収穫量、税率などが書かれていた。

まさかこれもすべて覚えるのだろうか。気が遠くなりそうだったが、王家から言われたのならやるしかない。どうせ閉じ込められている間は他にやることもないのだし。近くにあった本を何冊か持って読書室へと移動する。読み始めた本は意外に面白くて、時間はあっという間に過ぎていく。

この日から、日中は食事をする時間以外は本を読むことになる。あれだけあった本と資料だが、一通り読んでみるのに半年もかからなかった。だが、さすがに三分の一も覚えていないため、最初から読み返すことにする。勉強している日中はよけいなことを考えなくて済むからよかった。

問題は夜だ。灯りがない離れは夜になるのが早い。一人で暗闇に耐えていると考えも暗くなっていく。

もうあきらめなくてはいけないのかもしれない。今日も助けは来なかった。リオ兄様以外と結婚なんてしたくない。だけど、私は伯爵家の令嬢にすぎず、お父様が決めた婚約に従うのが当然だ。誰と結婚させられたとしても文句は言えないとわかっていたはず。リオ兄様と結婚できるかもしれないと思って、喜んでしまったからつらいだけ。暗闇で見えない左手の甲にふれるけれど、そこに何もないのはわかっている。

　リオ兄様が学園に入ったら他家から婚約の申し込みがあると言っていた。デュノア公爵家の次期当主として、リオ兄様は結婚しないわけにもいかない。もうとっくに他の令嬢と婚約してしまっているかもしれない。疑い始めると苦しくて涙が止まらなくなる。ずきずき痛む胸を無視するように眠り、朝が来たら勉強へと意識を向ける。したくもない王子妃教育だけど、これは貴族として生まれてきたからには義務だ。いくらお父様とお母様に愛されていなくても、この国の貴族として真摯に向かい合わなくてはいけない。そう自分に言い聞かせて、集中して資料を覚えていく。

うつむくと薄茶色に変わった髪がはらりと落ちてくる。それを見るたびに、あきらめろと言われている気がした。

2 いなくなったアリア

さっきまであんなに幸せな気持ちだったのに。

やっとアリアに気持ちを伝えることができて、精霊に祝福までしてもらえた。父上たちもアリアとの婚約を喜んで認めてくれるはず、そんな気持ちでいっぱいだった。つないでいた手を引き離されて、アリアが連れて行かれる。追いかけて奪い返したかったけれど、それを止めたのは父上だった。

どうして止めるんだと父上に言っているうちに、叔父上はアリアを無理やり押し込めるように馬車に乗せて、あっという間に連れ去っていった。

「父上。どうして、どうして止めたのですか」

「さっきも言っただろう。アリアはバルテレス伯爵家の長女で、ジョスランの娘だ。それは変えることのできない事実だ」

「だけど、これまでアリアのことを放っておいたのに、今さら父親だと言われても納得できますか！」

「できるわけないだろう。だが、俺やお前が納得しなくても、それが事実なんだ」

頭ではわかっている。アリアは預かっていただけで、正式にデュノア公爵家に迎え入れたわけではない。いつ伯爵家に戻されるかわからない、アリアだってそう思っていたはずだ。

だけど、こんな急に叔父上が連れて帰るなんて思っていなかった。しかも第二王子ラザールの婚約者になっただなんて、何が起きているんだ。

「これから確認してみるが、おそらく第二王子の婚約者になったのは本当だろう」

「俺とアリアは精霊に誓ったんです。俺が学園に入学する前に婚約しようって。ほら、精霊の祝福も受けました！　ラザール王子との婚約の話はなかったことにできませんか」

この国に住む者なら精霊の祝福がどれだけ尊重すべきことかわかるはず。それを無理に引き離して違う者と婚約させるなんて、ありえない。きっとすぐにアリアは俺のところに戻ってくる。そう思って父上に訴えたのに、首を横に振られる。

「無理だな」

「どうしてですか！　第二王子だなんて言っても形だけの」

「そのせいだよ」

第二王子ラザールの母は第二妃だが、元は子爵家の出だった。生家のファロ子爵家は大きな商家で、十年ほど前に大雨が続いた時に、被害があった他の領地に金や物資、人を貸し出したという。ファロ家のおかげで領民を死なせずにすんだ領地は十指に余るほどだった。

先代国王はそのことを讃《たた》え、報奨を出そうとファロ子爵に言った。自分ができることなら、なんでも一つ願いを叶《かな》えようと。

子爵は嫁ぐことができなくなった長女の嫁ぎ先を紹介してほしいと願い出た。二女《じじょ》が姉の婚約者を奪ってしまい、そのせいで婚約を解消されたという。奪い取ったのが姉妹だったために大ごとにはしなかったのだが、噂が広まってしまい、妹に寝取られた姉と有名になってしまった。

その願いを聞いた先代国王は、その娘に同情し嫁ぎ先を紹介すると約束した。ちょうど王太子妃が二人目を産んだ後、これ以上子を望むのは難しいとわかった時期だった。

本来なら側妃《そくひ》にも選ばれない身分の子爵令嬢が、特例で王太子の第二妃となった。それがカリーヌ妃で、一年後に生まれたのがラザール王子だ。王子が生まれたことでファロ家は伯爵家になったが、子爵家出身であることは変わらない。褒賞で側妃になったこともそうだが、妃教育を受けていない令嬢が側妃になったのも異例だった。おそらく、もうすでに第一王子と第一王女が生まれていたこともあり、予備としての王子が必要であっても、王太子を選ぶ時に争いにならないように身分の高い側妃を娶《めと》るのは避けたのだ。

「ラザール王子なら権力もないから、筆頭公爵家の嫡男である自分ならアリアを取り返せると思ったのか？」

「そうですが、なぜいけないのですか？」

「たとえ、それが事実であったとしても、公爵家が王子を見下すようなことはしてはいけない。デュノア公爵家は王家に忠誠を誓っている。お前がラザール王子を見下すようなことをすれば、この国の貴族たちはそれに倣うだろう。そんな事が許されると思っているのか？」

「……許されません。ですが！」

「あきらめきれないのはわかっている。だが、下手に動けば不利になるのはこちらだ。アリアのことをあきらめたわけではない。今はまずいと言っているだけだ」

「……いつなら、奪い返してもいいですか」

「まずは何が起きているのか調べる。バルテレス伯爵家とファロ伯爵家、そしてカリーヌ妃。動くのはそれからだ。わかったな？」

「……わかりました」

アリアは泣いていた。今までまともに会いに来ることもなかった父親。伯爵家に帰って、どんな扱われ方をしているかもわからない。今すぐにでも助けに行きたかった。ぐっとこらえて、いろんな感情を飲み込む。

つらいのは自分じゃない。きっとアリアは一人で泣いている。だからこそ、もどかしくて、行き場のない怒りだけがつのっていく。

夕方になって一人で庭に出る。アリアがどこにもいないことに気がついた精霊たちが騒ぎ始めていた。

「お前たち、アリアにこれを届けられるか？」

叔父上はもともとこの屋敷に住んでいた。ならば、精霊もバルテレス伯爵家の場所まで飛べるかもしれない。そう思って、庭に咲いていた青い花を一輪つんで精霊に運ばせようとした。

精霊に預ける前に少しだけ悩んで『愛している』と茎に文字を刻んだ。助けに行くとも、待っていてとも書けなかった。どれだけ時間がかかるかわからないのに、安易に約束なんてできない。

消えた一輪の花がアリアにちゃんと届きますようにと祈って、部屋に戻った。

それから十日ほどして、調べさせていたアリアの状況がわかった。デュノア公爵家に仕える家令のジャンからの報告だった。

ジャンの弟のデニスはバルテレス伯爵家の家令をしている。これは先代公爵であるお祖父《じい》様が、公爵家で鍛えたデニスを叔父上が伯爵家に婿入りする時についていかせたからだ。

父上と母上は不在だったため、俺が先に聞くことにした。

ジャンからの報告では、アリアはバルテレス伯爵家の離れにいるという。無理やり連れて帰った癖に、その日のうちに閉じ込めたと聞いて、飛び出していきそうになったがジャンに止められた。

「アリアンヌ様はご無事です。離れに閉じ込めているだけで、食事は三度お出ししているそうです。それ以上のことはジョスラン様の目があって難しいようですが、命の危険はありません」

「どうしてアリアを離れなんかに閉じ込めるんだ」

バルテレス伯爵家の離れは特別なものだ。精霊が嫌う忌避石を土台にして建てられているため、精霊が近寄れないようにできている。もとは精霊術を暴走させてしまった王族を幽閉しておくために建てられたものだから、離れにいる間は精霊術が使えず、精霊を呼ぶ力も弱まってしまう。そんな場所にアリアを閉じ込めるなんて、叔父上は何を考えているんだ。

「わかりませんが、ジョスラン様はアリアンヌ様を自分の娘だと認めていません」

「認めていない？」

「……むしろ、アリアンヌ様を疎んでおいででした」

「疎む？　それなのに連れ戻したのか？　わざわざ婚約までさせて？」

叔父上の考えがわからない。何もしなければ、アリアはずっとうちにいたのに。疎んでいるというのなら、関わらなければいいだろう。

「婚約の申し出は第二妃とファロ伯爵からでした。バルテレス伯爵家はファロ伯爵家に多額の借金があります。それを帳消しにすると言われ、承諾するしかなかったと」

「借金か。たしかバルテレス伯爵領も大雨の影響があったんだよな？」

「影響どころか、バルテレス伯爵領は大雨の中心地でした。あの大雨の原因はアリアンヌ様ですから」

「は？」

大雨の原因がアリア？　そんなことは知らないぞ。

「ちょうど九年前のことです。アリアンヌ様が生まれた時、伯爵も伯爵夫人も、アリアンヌ様を自分の子どもだと認めずに放置しました。仕方なく使用人たちで面倒を見ていたそうです」

「認めない？　叔父上だけでなく、叔母上も？　自分が産んだのに認めないと？」

「ええ、認めなかった理由はわかりませんが。放置するだけでなく、虐待のようなこともありました。精霊に愛されているアリアンヌ様をそのような目にあわせれば」

「それは、精霊たちが暴れるだろうな。だから大雨になったのか」

知らなかった。この国は精霊王の加護があるから、災害が起こりにくい。それでもごくまれに災害が起こるのは、精霊を怒らせた時だ。

「その当時、アリアンヌ様が生まれたことすら公爵家では知りませんでした。それから一年と二か月後、マーガレット様が生まれました。マーガレット様が害されるかもしれないという理由で、夫人からアリアンヌ様への虐待がひどくなったそうです」

「まだ一歳のアリアが妹に何かするとでも？」

「もちろん、アリアンヌ様はそんなことはしていません。ですが、伯爵夫妻はそのような妄想に取りつかれているようだったと。アリアンヌ様が二歳になる頃、どうにもできなくなった弟が私に助けを求め、そのことでアリアンヌ様の存在が公爵家に伝わったのです」

　アリアがうちに来た時に、叔父上たちから育児放棄されていたとは聞いていたが、それほどだったとは知らなかった。

「そんなバルテレス伯爵家にアリアを戻していいのか？」

「何かあればすぐに知らせるようにデニスに言ってあります」

「では、デニスに伝えてくれ。デュノア公爵家次期当主として命じる。アリアの身に危険がある場合は、叔父上に従わずに保護してデュノア公爵家まで連れてくるように」

「……よろしいのですか？」

「いい。もし、アリアが傷つくようなことがあれば、俺と精霊は暴走する。アリアが亡くなるようなことがあれば、俺と精霊がこの国を滅ぼしてしまうだろう」

「かしこまりました。最悪の事態を避けるためにも、デニスに命じておきます」

「頼んだ」

　アリアがデュノア公爵家に連れてこられた理由が、叔父上夫妻に疎まれているからだとは知らなかった。あの時、叔母上が病気だからアリアの面倒をみられなくなったと聞いていたが、一つ下のマーガレットはそのまま伯爵家に残されている。考えてみればおかしな話だ。

アリアがデュノア公爵家に来た日のことはよく覚えている。アリアは二歳、俺は八歳だった。

一年前にお祖母《ばあ》様が亡くなり、後を追うようにお祖父様が亡くなった。あの頃の公爵家はどこか暗い印象で、父上と母上も作り笑顔のようになっていた。

そんな時、応接室に呼ばれてみたら、父上と母上が昔のように穏やかに笑っていた。

「リオネル、家族が増えるんだよ。優しく声をかけてごらん」

「家族？」

「新しい家に来たばかりで戸惑っているから、脅かさないようにね」

父上は何を言っているのかと思ったが、示されたソファの後ろには誰かがいた。小さくしゃがみ込んで静かに泣いているアリアだった。

精霊に愛されると言われる白金色の髪で顔を隠して、怖がっているのか少し震えていた。この家に慣れるまでゆっくり待つのが正しいのかもしれないけれど、このまま放ってはおけないような気がした。すぐ隣に行って同じようにしゃがみ込んだら、驚いたアリアが顔をあげた。

綺麗な紫色だと思った。涙でおおわれている澄んだ目が綺麗で、なぐさめたかったけれど、なんて言っていいかわからなかった。迷った結果、そっと頭をなでることにした。小さい子が泣いている時は泣きやむまで声をかけるのを待ったほうがいいって母上が言っていた。

どのくらいそうしていたのかわからないけれど、ようやくアリアの涙は止まった。両手をつないで立たせたら、そのまま俺についてきた。父上や母上じゃなく、俺を頼りにしてくれるのがうれしいと思った。

それからはこの屋敷に慣れるまで、ずっと一緒にいた。一人になるのが怖いのだろうと父上も許可を出してくれたから、寝る時も手をつないだままだった。

さすがに俺が十二歳になる時に一緒に寝るのは止められたけれど、離れたことでアリアは妹じゃなく特別な存在なんだって気がついた。

幼いアリアが俺を特別だと思ってくれるのを待っていた。お互いの気持ちが通じて、違う意味でそばにいられるようになるはずだったのに。

その日の夜、王宮から戻ってきた父上は疲れているようだった。陛下との話し合いはいい結果ではなかったのかもしれない。

「アリアをラザール王子の婚約者にしたのはカリーヌ妃の独断だった。陛下も知らない間に王家の名で婚約を結ばれて憤慨していた。まぁ、それはそうだとは思っていたが。陛下とアリエル様はお前とアリアの結婚を望んでいたからな」

「俺たちが結婚の約束をする前からですか？」

「アリアがうちに引き取られた頃からだ。だから、お前には王女や公爵家の令嬢からの見合い話は来なかっただろう」

「言われてみれば」

王家と三大公爵家は精霊に愛される血を維持するためにも、その中で結婚相手を探すことが多い。

第一王女リリアナは俺の二つ下。ショバルツ公爵家の長女は三つ下。デュノア公爵家を継ぐ俺に見合い話が来てもおかしくはなかった。

「お前の相手はアリアだと王家も他の公爵家も思っていたから、リリアナ王女はショバルツ公爵家に降嫁し、ショバルツ公爵家の長女はエストレ公爵家に嫁ぐことが内定している」

「そうでしたか」

「だから、陛下にとってもアリアとラザール王子の婚約は望んでいない。アリアンヌは特級だろう。そして、同じ特級であるお前と結婚すれば、特級の子どもが生まれる可能性が高い」

「王家にとって、それが望ましいと？」

「いくらアリアが特級であっても、伯爵家では王太子に嫁がせることができない。特級を側妃にするわけにもいかないしな。だから公爵家に嫁がせ、その娘を次の王太子に嫁がせたいのだ」

もうすでに俺とアリアの娘を望まれているとは思わなかったが、王家や公爵家の婚約はそういうものなのかもしれない。国の繁栄のため、精霊に愛されるものを王家に望むのは当たり前のことか。

「かといって、王家の名を使って結ばれた婚約を無理に解消させるわけにはいかない。陛下も困り果てていたよ。どうしたものか」

悩み始めた父上に、俺は自分の考えを話した。

「父上、叔父上はアリアの婚約解消を望んでいる気がします」

「わざわざ連れ戻してまで婚約させたのにか？　どうしてそう思う？」

「アリアは離れに閉じ込められているそうです」

「なんだと!?　あれは罪を犯した王家の者を閉じ込めるためにあるものだぞ!?」

いつもにこやかな父上が険しい表情に変わる。それだけ、ありえない場所だということだな。

「お前も知っている通り、あそこは精霊術が使えないように、精霊が寄ってこないようにされている。精霊の力を封印されるようなものだ。その状態が続けば力が使えず下級か下級以下と判断されてしまう……」

「アリアを特級としたくないのでしょう。下級か、下級以下なら王子の妃には選ばれませんね」

「そういうことか……それが事実なら、ジョスランは本気で婚約解消を考えているのか。だが、なぜそのようなことをしなければならない」

理解できないと父上は眉間の間をもむようにして目を閉じた。

「婚約はファロ家への借金のために仕方なく承諾したのでしょう。だけど、叔父上たちはアリアを疎んでいる。自分の娘だと思えないアリアが第二王子妃になるのを望むでしょうか？　伯爵よりも身分が高くなることを望まない気がします」

「婚約は許したが、結婚して自分たちより身分が上になるのは嫌だ、か。ジョスランが思いそうなことではあるな」

兄弟である父上から見ても叔父上はそう見えるのか。無理やりアリアを連れて行った時、叔父上がアリアを見る目はまるで憎んでいる者を見るようだった。

「叔父上が婚約解消を望んでいるというのなら、それに乗りましょう。カリーヌ妃に邪魔されないように、アリアをラザール王子の妃にしたい理由をなくせばいい」

「具体的には何をするんだ？」

「おそらく、カリーヌ妃はアリアが妃になればデュノア公爵家が後ろ盾になると思っているでしょう」

「そうなればラザール王子の後見につくだろうと？　うちはもうすでにジスラン王子の後見についているのにか？　うちだけじゃない。王弟や他の公爵家もすべてジスラン王子についている。今さらうちの後見だけを得ても意味はない」

王妃の子である第一王子ジスランは王族らしい金髪緑目、しかも上級。優秀な上に人の話をきちんと聞ける器の大きさもある。ジスランが王太子になるのは当然で、王弟と三大公爵家が後見している。側妃の子で第二王子でもあるラザール王子が何をしようと、王太子になることはない。

「それはそうですが、何の後ろ盾もないカリーヌ妃にしてみたら、筆頭公爵家を味方にするというのは魅力的な話だと思います」

「うちの力を利用したいと思うのはわからないでもない」

「ですから、バルテレス伯爵家と縁を切ってください」

「アリアはどうするんだ？」

「アリアを助けるためです。カリーヌ妃はアリアを公爵家の養女にしてから妃にするつもりでしょう。デュノア公爵家から縁を切られ、特級でもないとわかれば婚約の解消を望むはずです」

「そうか……精霊教会に行くまであと三年もある。アリアンヌは耐えられるだろうか」

父上も心配なのはアリアが無事でいてくれるかどうかだ。王家の名を傷つけないためにこんなまどろっこしいことをしているが、アリアが傷つくようならそんな配慮などしていられない。それは父上も同じ気持ちだと信じている。

「バルテレス伯爵家の家令に次期当主として命じました。アリアが危険だと判断した場合はすぐに保護するようにと。もし、アリアの身に何かあれば、俺は王家を許せないでしょうから」

「……リオネルの気持ちはわかった。次期当主として命じたことも認めよう。だが、カリーヌ妃があきらめてくれるまでどのくらいかかるかわからない。いいか、やけになるな。うちがあきらめてないとわかったら手放さなくなる。感づかれないように慎重に動くんだ」

「わかりました」

どれくらいかかるかわからないが、アリアをあきらめる気はない。この気持ちは変わらないと左手の精霊の祝福にもう一度誓った。

「父上、王家と交渉してきます」

「交渉？」

「この雨は止《や》みません」

「雨？　あぁ、アリアがいないからか。それはまずいことになる」

アリアが連れていかれてから一週間、精霊たちはずっと騒いでいた。アリアが消えた、アリアと遊びたい、どうして遊んでくれないの、と。

アリアがどこにもいないと気がついたのか、八日目から雨が降り出した。悲しむような静かな雨だが、これが続けば被害が出る。王家としては対処しなければいけないことだ。

「俺がアリア以外と結婚しなくていいと約束してもらってきます。もし、アリアと結婚できなくても、王家が責任をもってデュノア公爵家を存続させてくれるようにと」

「そうだな。時間がかかれば、あきらめて結婚しろと言ってくるかもしれない。誓約してもらってこい。あぁ、陛下ではなく、ジスラン王子と交渉してくるといい」

「ジスランと。わかりました」

「お前なら、この雨を止ませることができるんだな？」

「精霊に約束しましょう。必ず、アリアを取り戻すと」

「わかった。やってみろ」

精霊と約束した場合、破ったら何が起きるかわからない。命を失うかもしれない。だけど、俺にとってアリアを奪われたまま過ごす余生なんていらない。取り戻せないのなら、いっそ死んだ方がましだと思ってしまう。

一週間後、止まない雨に王家が恐れを抱き始めた頃、ジスランとの交渉は成立した。アリアが戻らなくても、俺は他の令嬢との結婚を強要されることはない。

「精霊たち、お願いだ。雨を止ませてくれ。アリアがいなくて悲しいのは俺もだ。だから、約束するよ。どれだけ時間がかかっても、アリアはここに帰ってくる。その時まで、俺に力を貸してくれないか」

夜が明け、雨はあがった。精霊との約束が結ばれたのを感じた。

3　お姉様なんていらない

怒りっぽくて怒鳴り散らすこともあるけれど、私には優しいお父様。

いつもイライラして些細《ささい》なことで泣き出すけれど、お父様が大好きなお母様。

伯爵家という身分は高くも低くもないけれど、ちょうどいい。一人娘の私をみんな大事にしてくれているのがわかるし、不満はない。

あと四か月で六歳になる、あの日まではそう思っていた。

「え？　私のお姉様？」

「そうよ。マーガレットには姉がいるの」

「どうして一緒に住んでいないの？　もしかしてお母様が違うの？」

ちょうどこの前、侍女が読んでくれた絵本にそういう話があった。急に母親が違う姉が出てきて、主人公の令嬢をいじめるのだ。

「違うわ。私の娘には間違いないのだけど、マーガレットを産んだ後で私が体調を崩してね。心配したジョスランが生家に預けたのよ。それ以来、違う家で育っているの」

「私、一人娘じゃなかったんだ」

え？　じゃあ、もしかしてこの家を継ぐのは私じゃない？　五歳になってつけられた家庭教師の先生はそう言っていたのに。私が生まれ育ったバルテレス伯爵家は娘しかいないから、私がこの家を継ぐことになるんだと。継ぐと言うのは、この家のすべてが私のものになることだと説明された。

その後でお父様に聞いても、マーガレットがこの家を継ぐんだぞ、って言っていたのに。私以外に娘がいるってどういうことなの？　ずっとお父様とお母様とこの家で暮らしていくのは私じゃないの？　驚きすぎて何も言えなくなった私に、お母様は綺麗な招待状を見せた。

「再来月、その子のお披露目会があるの。招待されたからには行かないわけにはいかないわね」

「お披露目会って何？」

「七歳の誕生を祝ってお披露目するの。無事に子どもが育ったことのお祝いよ」

「それに私も行くの？」

「そうね。マーガレットも招待されているから」

七歳。じゃあ、その姉というのは私の一つ上なんだ。どんな子なんだろうと思ったけれど、お母様が私のドレスを作ってくれるって言うから聞くのを忘れた。

七歳でお披露目するまで、子どもは他家に行くことはないんだって。無事に育つかわからないし、さらわれないように屋敷の外には出ない。だから、本当は六歳にもなってない私は招待されないはずなんだけど、家族だから特別に許されたって。

何がどう特別なのかわからないけれど、これまで屋敷の中だけにいたから、お母様のようなドレスを作ってもらうのは初めてだった。淡い桃色のドレスは可愛《かわい》くて着てみたらお姫様のようだった。

そういえば絵本の主人公も最後は王子様と結婚してお姫様になっていた。私もお姉様がいるのであれば、伯爵家を継がずに王子様と結婚することもできるのかな。そう思ったら、少しだけ気分は良くなった。

なぜかお母様はいつもよりもイライラしていたけれど、ドレスの試着で忙しい私は気にしていなかった。

お姉様のお披露目会の日、ドレスを着て初めて馬車に乗った。酔うかもしれないと言われたけれど、はしゃいでたからか平気だった。屋敷に着いたと言われて馬車から降りて、驚いてしまった。

「なに、ここ」

「あなたのお父様の生家よ」

そこは伯爵家のうちとはまるで違って、大きくて立派で奥が見えないほど広かった。

「どうしてこんなに大きいの？」

「ここは公爵家の中でも一番大きなデュノア家だから」

「公爵家……」

王族と爵位のことは知っていた。貴族令嬢として一番最初に学ぶことだから。

まさかお父様が公爵家の出身だとは思わなかった。だって、うちは伯爵家だよ？

真ん中の爵位なんだよ？　それが一番上の公爵家って。

驚いているうちに手を引かれて中庭へと移動する。中庭も広くて、たくさんの綺麗な花が咲いていた。

人の多さにきょろきょろしていると、離れた場所がざわついているのがわかった。

それが少しずつこちらに近づいてくる。

近くに用意されていた壇上に誰かが立った。キラキラした髪の男性と女性。その手前に男の子と女の子が立っている。なんだか光がまぶしくてよく見えない。

「紹介しよう。うちで預かっている姪のアリアンヌ・バルテレスだ。アリア、自分で挨拶できるよね？」

「はい、伯父様。アリアンヌ・バルテレスです。今日は私のお披露目に来てくださってありがとうございます。ゆっくり楽しんでください」

わぁぁぁと歓声と拍手に包まれる。それに応えるように微笑《ほほえ》んだ少女はまさにお姫様だった。

白金色の髪が光輝いて、真っ白ですべすべの肌に桃色の唇。にっこり笑った目は紫の宝石のようで、同じ色のドレスがよく似合っていた。あれが私のお姉様？　絵本のお姫様よりも、ずっとずっと綺麗。

「お母様、あれって」

「あなたの姉のアリアンヌよ」

「嘘よ」

こんなのってない。あんなにお姫様みたいでうれしいと思っていた私のドレスが偽物に見えた。私もドレスもお姫様なんかじゃない。本当のお姫様は、王子様が迎えに来るのはお姉様のような人だ。

「あれが精霊に愛されている姫か。噂以上の見事な白金の髪だな」

「ああ。だから公爵家で育てられているのだろう。将来は王太子妃か公爵夫人のどちらかだろうな」

「幼いのにあの美しさと落ち着き。うちの娘も見習わせたいものだ」

近くにいた男の人たちがお姉様の話をしている。精霊に愛されている姫。将来は妃か公爵夫人……。そんな人が私のお姉様だと言われても認めたくなかった。

お父様とお母様だって、お姉様のほうがいいよね。あんなに綺麗なんだもの。どうしよう。お姉様に会いたくない。

「どうしたの？　顔色が悪いわ」

「……お母様、気持ち悪い。もう帰りたい」

「あなた、やっぱりマーガレットにはまだ早かったのよ。六歳にもならないのに外に連れて来るなんて」

「そうだな、帰ろう」

結局、その日はお姉様と顔を合わせることもなく帰った。その時は何も思わなかったけれど、後から考えるとおかしい。どうしてお父様とお母様はお姉様にお祝いの言葉をかけなかったのかなって。翌年、私の七歳の誕生日に小さなお披露目会がバルテレス伯爵家で行われた。

水色の可愛らしいドレスと大きなリボンの髪飾りは気に入ったけれど、お姫様のようだったお姉様のことが忘れられなくて、私がドレスを着ても似合わないような気がして恥ずかしくなった。

だけど、お父様とお母様と一緒に挨拶すると招待客はみんな褒めてくれた。礼儀正しいお嬢さんだ。成長するのが楽しみですね。なんて可愛らしい令嬢だ。うちの息子に会わせてみたいわ。そんな風に褒められると、そうなのかなと思う。

お姉様は呼ばれていなかった。あのキラキラした公爵家の人も来なかった。そのことがうれしくて、その日はずっと笑っていた。私しかいなかったら比べられないんだ。お姉様がいなければ、私はお姫様でいられる。

次の日の朝食でお姉様がいなかったことを聞いてみたら、お父様はすぐに不機嫌になった。まるでお姉様のことは話したくないみたい。

「お父様、お姉様っていつ伯爵家に戻ってくるの？」

「もう戻すつもりはない。あれはもうどうでもいい」

「そうなんだ」

そっか。お姉様はお父様に捨てられちゃったんだ。お父様はお姉様の名前すら呼ばない。それを聞いたお母様もうなずいただけで何も言わなかった。お姉様って、お父様だけでなくお母様にも嫌われているみたい。じゃあ、もう帰ってこないよね。

あんなに綺麗でうらやましかったお姉様がかわいそうになった。私はお父様とお母様にこんなにも愛されているのに。

それから毎年お姉様の誕生会には呼ばれたけれど、ちょっと挨拶をしたらすぐに帰っていた。公爵家から呼ばれたら行かなくちゃいけないらしいけれど、挨拶だけすればいいんだってわかった。あいかわらずお姉様は綺麗で、キラキラ輝いて見えたけれど、もう関わらなければいいと思っていた。

なのに、お姉様が帰ってくる。この伯爵家に。ここは私の場所なのに。

ついこの前、お父様とお母様が喧嘩していた。夜中だったけれど、大きな声で起きてしまった。

「嫌よ！　どうして断らないのよ！」

「仕方ないだろう！　俺だって断れるなら断っている。第二妃はどうでもいいが、生家のファロ伯爵家からは金を借りているんだ。それを帳消しにしてくれるというなら引き受けないわけにはいかない」

「でも！　あの子がここに帰って来るなんて！」

「わかってる。俺だって嫌だ」

「そんな……」

あの子が帰ってくる？　まさか、お姉様が伯爵家に戻ってくるの？

「心配するな、俺には考えがある」

「どういうことなの？」

声が小さくなったから、会話が聞こえなくなってしまった。お姉様が帰って来るかもしれないと思うと不安で、その後は眠れなかった。朝食も食べたくなくて、スープしか入らない。それを見て、侍女のベティが心配そうな顔をする。

「お嬢様、どうなさったんですか？」

「眠れなかったの」

「何か心配なことでも？」

いつもそばにいてくれるベティは私が悩んでいるのに気がついてくれた。ベティに相談したら、この不安は消えるかな。

「あのね、お姉様がここに帰って来るかもしれないの」

「お姉様というと、公爵家にいるアリアンヌ様ですね？」

「そう。どうしよう。帰ってきてほしくないの。私の大事な場所が奪われてしまうかもしれない」

あんなに綺麗なお姉様がここに来たら、もう私は褒められなくなってしまう。ベティだって、お姉様のほうがいいって言いだすかもしれない。そしたら私はどうしたらいいんだろう。

「大丈夫です。ベティはお嬢様だけの味方です」

「そうなの？」

「ええ。お嬢様を不安にさせるなんて。公爵家で育てられたアリアンヌ様は性格が悪いって話、本当なんですね」

お姉様にそんな噂があったんだ。知らなかったけれど、お父様とお母様がお姉様を嫌っているのはそれが理由なのかも。

「ベティ、私はどうしたらいい？」

「向こうが本性をあらわす前に叩《たた》きのめしてしまいましょう。この家を継ぐのはお嬢様です。みんな、お嬢様の味方ですよ」

「ありがとう！」

伯爵家に帰ってきたお姉様は嫌がって泣いていたそうだ。生まれた家に帰ったというのに泣いているってどういうつもりなんだろう。お父様とお母様に失礼だと思わないんだろうか。

あの噂は本当だったんだ。伯爵令嬢なのに、公爵家で育ったから勘違いしているって。自分も公爵令嬢のようにふるまって、周りから嫌われているって。

食事も呼ばれたのに来なくって、私たちが食事を始めてからやっと来た。泣きはらした顔で、不貞腐《ふてくさ》れたままだった。私たちに久しぶりに会うのに、うれしそうな顔をするわけでもなく、会話もなく嫌そうに食事をするだけ。

ベティを見たら、うなずいている。少しだけあった罪悪感なんてなくなっていた。そんなに私たちと食事をするのが嫌なら、お望み通りにしてあげる。

お姉様が小さなため息をついたのが聞こえて、我慢しきれずににらみつけた。それに気がついたお姉様が私を見て、一瞬だけ視線があった。すぐに目をそらして、身体を震わす。

お姉様が来てから食事の手は止めていた。私が食べていないことに隣に座っていたお母様が気がついてくれた。

「ねぇ、あなた。やはりアリアンヌを自由にさせるわけにはいかないわ。マーガレットに何かあってからでは遅いのよ」

「うむ。そうだな。アリアンヌは離れに閉じ込めておけ」

計画よりもずっとうまくいった。今日はとりあえずお姉様を叱ってもらうだけのつもりだった。何度もお姉様に意地悪されたって言えば、そのうち離れに閉じ込めてくれると思っていた。まさか一度目で成功するとは思っていなかった。

「これで静かに暮らせるな」

「ええ。食事が美味《お い》しく食べられるわね」

うれしそうに食事を再開したお父様たちに笑いかける。

「お父様、今日のデザートは苺《いちご》プリンなのよ！」

「おお、そうか。マーガレットは苺が好きだな」

「うん！　大好き！」

やっぱり私の家族はお父様とお母様だけでいい。お姉様がいないほうがみんな笑顔だもの。


お姉様が伯爵家に戻ってきても、離れにいて顔を合わすこともない。離れは怖い場所だから、私には絶対に近寄るなってお父様は言っていた。お父様もお母様も、離れには絶対に近寄らないのも知ってる。そんな怖い場所に、お姉様は一人で閉じ込められている。これでもうお姉様に居場所を奪われることはないとほっとしていた。

それからしばらくして、お母様に連れられてお茶会に出席すると、話しながらこちらを見て笑う夫人がいるのに気がついた。それは私ではなく、お母様を見て何かを言っているようだったから、そっとお母様から離れてその夫人たちの会話を聞きに行った。夫人たちは話に夢中になっていて、私が隠れて聞いていることには気がつかない。

「あのアリアンヌ様が第二王子との婚約だなんて」

「本当にもったいないわ」

「ええ、そうよね。あのまま公爵家にいれば、三大公爵家のどこかに嫁げたかもしれないのに」

「何の権力もない第二王子、しかも婿入りでもないだなんて」

「本当に何を考えているのかしら」

お母様の話じゃなかった。お姉様と第二王子の婚約の話？　じゃあ、どうしてお母様は笑われていたのかしら。

「何も考えていないんじゃない？　あの、名だけ伯爵令嬢ですもの」

「ふふふ。それに名だけ公爵令息も、でしょう？」

「お似合いの二人でいいけれど、どうしてアリアンヌ様のような素晴らしい令嬢が生まれたのかしら」

「ええ、本当に。こんな意味もない婚約……もしかして、わざと？」

心がざわざわする。名だけ伯爵令嬢、名だけ公爵令息って何？　やっぱり、あの笑いはお母様を馬鹿にしていたんだ。この夫人たち、お母様とは仲が良くない高位貴族の夫人たちだ。

「それって、わざと自分の娘をくだらない相手と婚約させたってこと？」

「声が大きいわよ。一応は王族との婚約なんだから」

「ごめんなさい。つい、興奮してしまって」

「気持ちはわかるわ。こんな婚約は嫌がらせにしか思えないもの。実は私知っているの。アリアンヌ様はデュノア公爵家の次期当主に嫁ぐ予定だったそうなの。それを伯爵に邪魔されて」

「そんなことがありえるの？　まさか、自分たちが精霊に好かれないからって、アリアンヌ様に嫉妬して？」

「無理もないわ。バルテレス伯爵は兄である公爵様のことを嫌っているそうだし、夫人も自分より精霊に愛されていた妹に嫉妬していじめていたのよ」

「それ、本当の話だったのね。今でも姉妹の仲は疎遠になってると」

お母様に妹？　私に叔母がいるってこと？　聞いたことないわ。自分よりも優れた姉妹、精霊に愛されている者への嫉妬……そっか。お父様とお母様は私と一緒なんだ。じゃあ、私がお姉様を嫌ってもいいってことだよね。夫人たちの話に興味がなくなって、お菓子が置いてあるテーブルに向かう。

小さな果実のパイを食べたらジャムをこぼしてドレスを汚してしまったけれど、また新しいドレスを買ってもらえばいい。仕立てる時にお姉様の名前で呼ばれるのは嫌だけど、そうしないとドレスは買えないんだって。あぁ、今度は婚約者になる令息と会う約束があるんだった。会う時に着るドレスも仕立ててもらわないと。

私の婚約者になる人は、第二王子の従兄弟《いとこ》だった。ディオ・ファロ様。ファロ伯爵家の三男だそうだ。

初めて会った時、緊張している私を見てにっこり笑ってくれた。茶色の髪に茶色の目。つやのある髪は耳の下あたりでそろえていて、上品で穏やかそうな令息に見えた。

仲良くできるか心配だったけれど、私の話をよく聞いてくれて、お姉様を嫌う私の気持ちも理解してくれた。

「そうなんだ。そんなにマーガレットのお姉様は嫌な性格しているんだ」

「そうなの。わがままで意地悪なのよ」

「じゃあ、ラザールにも言っておかないとね」

「ラザール王子？　お姉様の婚約者ってどんな人なの？」

「とっても素直でいい奴だよ」

「そんないい人がお姉様の婚約者だなんて、かわいそう」

こんなに優しいディオの従兄弟がお姉様の婚約者だなんて。しかも、第二王子だなんて、もったいないな。婚約者にも嫌われてしまえばいいのに。

「ラザールは僕たちと同い年なんだ。だから、学園は一緒に通うことになるよ。マーガレットも」

「私も？」

「婚約者なんだから、学園の送り迎えをするのは当然だよ。それに、僕と一緒に通えば、そのお姉様と一緒の馬車に乗らなくて済むだろう？」

「そうね！　ありがとう！」

そっか。十五歳になったら学園というところに毎日通わなくてはいけない。私が入学する時はお姉様が二年生だから、本当なら二年間も一緒の馬車に乗らなくちゃいけないんだ。ディオが送り迎えしてくれるならうれしい。

「その代わりといったらなんだけど」

「なぁに？」

「僕はラザールにはもっといい令嬢と婚約してほしいんだ。従兄弟だし、幼馴染《おさななじみ》でもある。だから、婚約が解消するように協力してくれない？」

「うーん。でも、学園の卒業までは婚約させておかないとだめってお父様が言ってしまってから、しまったと思った。この話は内緒にって言われてたんだ。お姉様が王子妃になるのをファロ家が支援してくれているから、それがなくなるのは困るって。だから、ぎりぎりになってから婚約解消して家から追い出す予定になってる。」

ディオは今の会話どう思ったんだろう。おそるおそるディオを見たけれど、表情は変わってなかった。

「どっちにしても、僕たちが協力できるのは学園に入ってからだね。その頃になったら、また相談しようか」

「うん！　じゃあ、それまでお姉様がどれだけひどい人なのか、ディオに報告するね！」

「ああ、それは助かるよ。マーガレットと婚約できて、本当によかったな」

そう言ってにっこり笑うディオに、私も本当によかったと思った。

お姉様が家に戻ってくるって知った時は、私の大事なものを全部奪われてしまうかもって心配だったけど、そんなことは全然なかった。ドレスも宝石も好きなだけ買ってもらえるし、伯爵家は私が継ぐんだって、お父様が約束してくれた。だから、お姉様は嫌いでも、もうしばらくは家に居るのを許してあげるね。

4　始まった王子妃教育

誰かが助けに来てくれることもなく、離れに閉じ込められたままの生活が三年続いて、私はようやく十二歳の誕生日を迎えた。

心の支えはあの時の一輪の花だ。押し花にした後、見つからないように王子妃教育の本に挟んでいる。

会うことがなくなれば、リオ兄様と会えないさみしさもなくなっていくのかもと思っていたけれど、少しも薄れることなく会いたいと思う。

王子妃教育に疲れて眠れば、あの頃の楽しかった思い出の中に戻っている。両手を広げて待っているリオ兄様の元へ「リオ兄様！」と駆けよれば、抱き着く前に目が覚める。あぁ、今日も抱き着く前に目が覚めてしまった。

でも、それでいいのかもしれない。夢の中だとしてもリオ兄様に抱き着いて、あの温かさを思い出してしまったら、起きた後で悲しむことになる。

リオ兄様の声が聞きたい、頭を撫《な》でてほしい、たわいもないことを一緒に笑いたい。願っても無駄だとわかっているのに、この三年間気持ちが変わることはなかった。

家令のデニスが外出用の服を持って来たのは、誕生日の一週間後だった。

「明日の昼に旦那様と一緒に精霊教会に行く予定になりました。こちらの服に着替えておいてください」

「お父様と？」

「ええ、そうです。精霊の祝福を受ける時には親がつき添うことになっていますから」

「そう、わかったわ」

この離れに閉じ込められてからお父様だけでなく、お母様とマーガレットとも会っていない。精霊教会に行くのもデニスに任せるんだろうと思っていたから、お父様がつき添うと聞いて驚いてしまった。

「精霊教会へは私も一緒に参ります。もし、何かあったとしても私が間に入りますので、ご安心ください」

「いつもありがとう」

「いえ、ようやくアリアンヌ様を外へとお連れすることができます。本当に三年間も……お助けできずに申し訳ございません」

「デニスのせいじゃないわ。明日もよろしくね」

「はい」

いつもデニスは申し訳なさそうにしているけれど、デニスがいなかったらもっとひどい目にあっていたに違いない。長居すると怪しまれるからか、デニスは静かに礼をして出て行った。

渡された外出用の服は水色のワンピースだった。少し子どもっぽいデザインなのはマーガレットのお下がりだからだと思う。その証拠に裾が少しほつれている。何度も洗濯したのか布が傷んでいる。

袖を通してみたら大きさは問題なさそうだった。どうやらマーガレットと背丈は変わらないらしい。

ただ、ワンピースからは不思議な匂いがした。香水や香のように強い匂いではないが、ほのかに焚火《たきび》のような匂いがする。どこかに焦げ跡でもあるのかと調べてみたけれど、そんなものはなかった。

この離れでは洗濯することができないし、たとえ洗えたとしても、今から洗ったら明日までに乾かない。仕方なくそのままクローゼットにかけた。

次の日、食事を終えてから着替えて身支度を整える。髪はそのままにした。結ぶりボンはここにはないし、髪をとかす櫛《くし》もない。鏡台もないから、服が似合っているのかどうかもわからない。

用意ができてからそれほど待つことなく、デニスが鍵を開けて迎えに来た。

「旦那様は馬車でお待ちです」

「わかったわ」

もうすでに待っているというのなら急がなくてはいけない。馬車に乗ると、三年ぶりに会うお父様が席に座っていた。特に声をかけられることもなかったので、向かい側の席に座る。私の隣にデニスも座ると馬車は走り出した。

馬車の窓から街並みが見える。どうやら王都の中心に向かうのではなく、外れの方に向かっている。王族や貴族が通う大教会に行くのではないようだ。

着いたのは小さな教会だった。おそらく平民が通うための教会。こんなところで精霊の祝福をするのかと疑問に思ったが、お父様は何も言わずに馬車から降りると教会の中へ入っていく。

デニスの手を借りて馬車から降りると、急いでお父様の後を追う。教会の中には誰もいなかった。今日は貸し切りになっているらしい。

「これはこれは、伯爵様。ようこそおいでくださいました」

「ああ、これを頼む」

視線だけで私を示すと、その近くにあった椅子にどっかりと座る。まるで興味ないようなお父様に教会の者たちが慌てている。

「あ、では、お嬢様。こちらへどうぞ」

「ええ、お願いします」

精霊教会には大木か泉のどちらかがある。そこを住処としている精霊たちに祈るのだ。この教会は大木のようだ。教会の奥にすすむと、見上げるような大木があった。

そこに近づいていくと、何かおかしいと感じた。すぐそばまで来て、それが何かわかった。精霊がいない。

「こちらで祈ってください」

何も気がついていないのか、教会の者がにこやかに言う。祈ったら精霊は来てくれるだろうか。あれから、もう三年も精霊に会っていない。離れにいる間は精霊が近寄れなくても仕方ないけれど、こうして精霊の住処に来てまで精霊に会えないとは思っていなかった。

どうして？　ふと左手の甲が見えて、はっとする。もう消えてしまって、何も見えない精霊の祝福。

あの時、リオ兄様と私は精霊に誓った。それなのにラザール様と婚約するなんて、精霊を裏切ったことになる？　だから、精霊は私に会いたくないのかもしれない。

何度祈っても呼びかけても、精霊は来てくれなかった。ただ一つの光も見えない。何の変化もなく、大きな木が私を見下ろしていた。次第に教会の者たちの顔色が悪くなっていく。

「おい、これはどうしたらいいんだ？」

「わからん。こんなのは初めてだ」

小声で相談しているのが聞こえる。多分、これ以上ここにいても精霊は来てくれない。はぁぁぁと息を吐いて、教会の者たちに伝えた。

「精霊に嫌われたようです。下級以下、ですね？」

「そ、それでよろしいのですか？」

「これ以上祈っても、来てくれる気がしないのです」

「伯爵様には私からお伝えしても？」

「お願いします」

父親に私から伝えさせるのは気の毒だと思ったのか、親切に申し出てくれた。それをありがたく思い、お願いすることにする。

ここでお父様が怒鳴り始めたらデニスは止められるだろうか。ずっと私につき添ってくれているけれど、真っ青で今にも倒れそうだ。

お父様のいる場所まで戻ると、お父様が立ち上がる。教会の者がおずおずとお父様へ結果を告げる。

「……伯爵様、お嬢様は下級以下でございました」

「そうか」

「もしかしたら間違いということもありますので、後日もう一度」

「いや、けっこうだ」

お父様は怒ることもなく、そのまま馬車へと戻っていった。私とデニスもその後について馬車へと向かう。

帰りの馬車の中でもお父様は何も言わなかった。役立たずとか、何かしら言われると思っていたのに。私は特級だと思われていたからラザール様の婚約者になったんじゃないのだろうか。

屋敷に着いたら、そこにはお母様とマーガレットがにやにやしながら待ち構えていた。三年ぶりに会うマーガレットは背が伸びていて、私よりも大人びて見えた。私が精霊教会に行ったのを知っているのか、お父様にうれしそうに聞いている。

「ねぇ、お父様。お姉様って下級だった？　それとも下級以下？」

「下級以下だった」

「ええ、信じられないわ。お母様、聞いた？」

「下級以下！　信じられないわね。下級以下だなんて貴族としてありえないわ。よほど性格が悪くて精霊に嫌われない限り、そんな結果にはならないもの。本当に恥ずかしいわね」

「本当よ。お母様がお茶会に連れて行かないのも当然だわ。私だって、お姉様が下級以下だなんて恥ずかしくて言えないもの」

私が下級以下だとわかる前からお茶会に連れて行かなかったくせに。ずっと閉じ込めておいたのも、下級以下だからとでも言うのだろうか。

楽しそうに私の悪口を言い続ける三人を置いて、デニスと離れに戻る。引き留められるかと思ったけれど、話に夢中なのか気がつかれることもなかった。

十二歳になったら王子妃教育が始まると言われていたけれど、もしかしたらラザール様の婚約者ではなくなるかもしれない？　そのこと自体はうれしかったけれど、婚約者じゃなくなったとしたら、私はどうなるのだろう。このまま離れで一生暮らすことになるのだろうか。

不安に思いながら眠ると、次の日にはデニスから王子妃教育の予定を知らされた。

「来週から？」

「ええ、そうです。朝、王宮から迎えが来ます。食事が済んだら用意しておいてください」

「わかったわ」

すぐには婚約者から降ろされないようだ。少なくとも、王子妃教育が始められるということは、その結果を見るということなのかもしれない。

次の日、王宮から迎えに来た馬車は御者しかいなかった。女官も護衛騎士もいない。高齢の御者が一人で来たらしい。元が何色だったのかもわからない白髪をきつく結んだ御者は私を見て礼をする。

「これからお嬢様を送り迎えいたします御者です」

「アリアンヌよ。よろしくね」

第二王子の婚約者としても大事にされないらしいと思いつつ、御者にはにこやかに挨拶をする。一人で来た御者が悪いわけではない。女官などを手配しなかったのはカリーヌ様だろうから。

馬車に乗ると、静かにドアが閉められる。一人で馬車に乗るのは初めてだけど、一人のほうが気が楽だと思った。

王宮は大きく三つにわけられている。まず門を入ってすぐにある外宮《そとみや》。ここには文官や女官の執務室や近衛《このえ》騎士の待機場所、貴族が婚約などの手続きをする窓口がある。通常時に貴族が許可なく入れるのは外宮までだ。そして、外宮の奥にある本宮には、謁見室や大広間など特別な手続きを得て入れる場所になっている。最後に、最奥にある内宮《うちみや》は陛下や妃、王子たちが生活している宮で、ここは貴族が入れる場所ではない。

私の王子妃教育は外宮で行われることになっている。指定された部屋で待っていると、ノックされてドアが開けられる。その後、一人の女性が女官を伴って入ってきたが、第二妃カリーナ様ではなかった。

入ってきた女性を見て、誰なのかすぐに気がついた。まとめあげられた美しい金髪、少したれた緑目。すっきりとスカートを落とした形の黄色のドレスがよく似合っている、王弟妃アラベル様だ。

礼をしたままの私の前まで来たアラベル様は、顔をあげてと優しく声をかけてくれる。

「アリアンヌ、久しぶりね」

「アラベル様、お久しぶりです」

王弟ダニエル様はオレリー伯母様の弟だ。そのためダニエル様やアラベル様はデュノア公爵家とも交流がある。こうして顔を合わせるのは私の九歳の誕生会以来。

「アリアンヌの王子妃教育は私が担当することになったわ」

「アラベル様がですか？」

思ってもいなかったので聞き返してしまったら、部屋に控えている女官に聞こえないようにアラベル様は声をひそめた。

「カリーヌ様がアリアンヌに教えるのは無理だからよ。本人が王子妃教育を終えていないのですもの」

「そうなのですね」

ラザール様を産んだことで生家は伯爵家に爵位をあげられたが、第二妃になった時はまだ子爵令嬢だった。それまで子爵家で教育されていただけの令嬢が、あの量の本や資料を読んで覚えるのは無理に違いない。今でも終わらせていないとは思っていなかったけれど。

「王子妃教育は王族しか知らないことも含まれているの。だから王子妃教育を教えられるのは、王家か公爵家に嫁いだものだけ。アリエル様や公爵夫人は公務や領地のことがあって忙しいでしょう？　私が一番適任だってことね」

たしかにカリーヌ様が教えられないとなったら、王妃アリエル様か三大公爵家の夫人、王弟妃アラベル様のどなたかに教えてもらうことになる。アラベル様に教えてもらえるのはうれしいけれど、王弟妃としての公務があって忙しいのは知っている。

「アラベル様もお忙しいのに申し訳ありません」

「ふふ。いいのよ」

ふんわりした印象のアラベル様だが、意外とはっきりものを言う方で、性格が似ているオレリー伯母様とも仲が良かった。オレリー伯母様はお元気だろうか。

「それでね、アリアンヌ。あなたに言っておかなければいけないことがあるの」

「なんでしょうか？」

「第二王子の婚約者として、今のアリアンヌの立場は弱いものになっています」

「それは伯爵家だからでしょうか？」

「もちろん、それもあるわ」

王妃から生まれた王子の婚約者は三大公爵家から選ぶことになっている。三大公爵家にふさわしい令嬢がいなければ、侯爵家から探す。王子妃教育のために歴代王家の家系図も覚えてきたが、王太子妃になったほとんどは三大公爵家の出身で、侯爵家からは三人だけ、伯爵家以下から選ばれたことはない。

第二妃から生まれた第二王子とはいえ、まだ王太子になる可能性がないわけではないラザール様の婚約者に、伯爵令嬢の私を選んだというのはめずらしいことだった。

「カリーヌ様がアリアンヌを選んだ理由は二つ。一つはアリアンヌが特級だと思っていたから。そして、もう一つはデュノア公爵家が後ろ盾になると思っていたからよ」

「デュノア公爵家の後ろ盾を求めるなんて、ラザール様を王太子にしたいのかと思ってしまいます」

「ええ、その通りだと思うわ」

あり得ないことだと思いながら聞いてみたら、あっけなく肯定される。

「だけど、私たち王族はラザールを推す気はないの。アリアンヌなら、理由は言わなくてもわかるわよね？」

「はい」

それは当然のことだ。第一王子ジスラン様は今年で十八歳。ここ三年の話はわからないが、優秀な方だ。私にも優しくて、もう一人のお兄様のように思っていた。学園を卒業すれば王太子に指名されるのは間違いなく、わざわざ七歳下のラザール様を王太子にする理由はない。たとえ優秀だったとしても、第二妃の子であるラザール様を陛下や王妃、三大公爵家が認めるわけがない。

「アリアンヌが特級ではなかったというのは聞いているわ。それと、デュノア公爵家はバルテレス伯爵家と縁を切ったの」

「え？」

「表向きには長年アリアンヌを預かっていたのに、まともに話し合うこともなくむりやり連れ去るようにして帰った。それがきっかけで公爵家から伯爵家に絶縁を言い渡したことになっているわ」

伯父様がお父様と縁を切った？　それでは私もデュノア公爵家とは無関係になったということ。もう伯父様、伯母様、リオ兄様とも呼べない……。

「少しでも争いの種を作るわけにはいかないの。あなたがカリーヌ様に利用されることがないように、デュノア公爵もオレリー様もあえて縁を切ったの」

「私が利用されないために？」

「ええ、そうよ。公爵家はあなたと縁を切りたいなんて思っていない。今はつらいでしょうけど、きっと解放されるわ。それまで私と一緒に頑張りましょう。時間はかかるけれど、いつかデュノア公爵家に帰れる日が来るわ」

伯父様や伯母様は私が公爵家に帰ることを望んでくれている？

「アラベル様。私、帰れるのでしょうか」

「ええ、きっと。だから、王子妃教育はしっかりと教えるつもりです。覚えた知識はアリアンヌの武器になります。つらくても負けてしまわないで」

「はいっ」

ポロポロと涙がこぼれてしまったら、アラベル様がそっと抱きしめてくれた。部屋にいる女官たちは目をそらしてくれている。本当は貴族令嬢がこんな場で泣いたりしたらいけないのに、みんなが知らないふりをしてくれていた。

ひとしきり泣いたら心が落ち着いてきた。泣いている場合じゃないと、ハンカチで顔をぬぐう。それを見たアラベル様はにっこり笑って紙の束を示す。

「さぁ、まずはどれだけアリアンヌが覚えてきたか、試験をしましょうか」

「はい！」

渡された試験は大量にあったけれど、一枚ずつ丁寧に解いていく。それをアラベル様がうれしそうに見ているのに気がつきもせず、目の前の問題に集中していった。

昼休憩を挟んで試験は続いた。渡された試験を終えたのはお茶の時間を過ぎたくらいだった。すべての解答を書き終えた後、女官が入れたお茶を飲む。ずっと緊張していたのか、のどが渇いていた。

私が解き終えた試験はすぐに女官が採点していたらしい。すべての採点が終わった後、評価された試験結果をアラベル様が見る。

「八割以上正解しているわ」

「八割でしたか。申し訳ありません」

「え？　どうして謝るの？」

「間違えてはいけないのかと」

全問正解か、それに近くなければ怒られるのかと思っていた。なのに、それを聞いたアラベル様は戸惑ったような顔になる。

「そんなわけないじゃない。どうして？」

「三年前に本と資料を渡された時に全部覚えるようにと言われていたので、すべて正解しなくてはいけないのだと思っていました」

「ええ？　そんなことを言われていたの？　全部読んだだけで覚えられるのなら、王子妃教育いらないじゃない」

アラベル様に言われ、それもそうかと思う。王子妃教育は学園を卒業する十八歳までに終わればいいと書かれていた。では、あんなに急いで覚える必要はなかった？

「三年前に渡したのはある程度目を通してきてほしかったのでしょうね。だけど、まだ学園にも入っていないのよ。普通なら覚えられるわけがないわ。私はアリアンヌが公爵家で教育されていたのを知っていたから、少しはできるんじゃないかと思って試験をしたのだけど、予想以上ね」

アラベル様は試験の束を女官に渡すと、陛下のところへ持って行くように指示する。

「試験の結果が良かったので、週に二日程度で終わる予定だと伝えて」

「わかりました」

試験の束を受け取った女官は礼をして部屋から出て行く。それと入れ替わるように別の女官たちが大きな箱を持って部屋に入ってきた。

「届いたわね。アリアンヌ、これはあなたのドレスよ」

「私のですか？」

「ええ。このドレスの意味はわかるわね？」

これも試験なのだろうか。箱を開けて見ると、薄黄色のドレスが入っていた。デザインは控えめで、少しずつ違うものが五着。

「黄色は王族の象徴の色です。精霊王の光をあらわしています。黄色のドレスを着ることができるのは王妃と王女、王弟妃と公爵夫人だけです。薄黄色のドレスは王家か公爵家の婚約者であることを示しています」

「ええ、そのとおりよ。ちゃんと理解しているのね。このドレスはアリアンヌだけが着られるものです。今、薄黄色のドレスを着る許可が出ているのはアリアンヌと、エストレ公爵家嫡男の婚約者、ショバルツ公爵家の嫡男の婚約者。この三名だけです」

王妃の生家エストレ公爵家とアラベル様の生家ショバルツ公爵家。もう一つ、デュノア公爵家は言わなかった。

リオ兄様はまだ婚約していない。顔に出てしまったのか、アラベル様が微笑む。

「アリアンヌ、だめよ。その感情は表では出さないでね」

「はい」

そうだ。私はラザール様の婚約者だった。特級どころか下級以下だった私はいずれ婚約解消されるだろうけど。カリーヌ様が欲しかったデュノア公爵家の後見も得られないようだし。

それでも、うれしいと顔に出してはいけない。これが知られてしまった時、責められるのはリオ兄様だ。デュノア公爵家の名を傷つけてしまうことになる。

「申し訳ありません。気を引き締めます」

「ええ。細かいことを言わなくてもアリアンヌなら大丈夫でしょう。今日はこれで終わります。次は明後日《あさって》にしましょう。次からはこのドレスを着てきて」

「はい。わかりました。よろしくお願いいたします」

「ええ。帰りの馬車の手配があるでしょうから、準備ができて呼ばれるまでこの部屋で待っていて」

「わかりました」

「ああ。待っている間、そこの窓から景色を見ているといいわ。この部屋から本宮が見えるのよ。めずらしいでしょう？」

そう言い残してアラベル様が部屋から出て行く。女官たちも一人を残して部屋から出て行った。

アラベル様に勧められた窓から外を見ると、下は外宮から本宮に向かう通路になっているようだ。本宮でも東側の区画だろうか。文官や女官は見当たらない。

きらりと光るものが見えた気がして視線を向けたら、文官ではない服装の者たちが歩いている。その一人の髪が白銀色なのを見て、思わず声がもれた。

「え？　リオ兄様？」

そこには三年たって成長したリオ兄様がいた。その隣には同じように成長したジスラン様。そして、見たことのない令嬢も。光が反射していてよく見えないが、令嬢の髪は銀色だろうか。そうなら高位貴族の令嬢？　公爵家でジスラン様に近い年齢の令嬢なら顔見知りだ。だけど、その令嬢は知らなかった。侯爵家の令嬢だろうか。

ふとリオ兄様が振り返ってこちらに顔を向けた。遠くでも目が合うのがわかる。驚くように目を見開いて、リオ兄様の口が動くのが見えた。アリア、と。

どのくらいそうしていたのだろう。ジスラン様がリオ兄様の腕を引っ張り、奥へと連れていく。その後ろを令嬢もついていった。

三人が消えていくまで見送り、身体の力が抜けてしゃがみ込む。

「どうかしましたか？」

「いいえ、なんでもないわ」

急にしゃがみ込んだものだから女官に心配される。

遠かったけれど、リオ兄様も私のことがわかったようだった。ジスラン様に連れていかれるまで、視線をそらさずに私を見ていた。きっと、信じていいのよね。リオ兄様は変わっていないって。

リオ兄様がいなくなった後もぼんやりと窓の外をながめていたら、帰りの馬車の用意ができましたと告げられる。

迎えに来てくれたのと同じ御者がぺこりと礼をしてドアを開けてくれる。私が乗った後、ドレスの箱も運び込まれた。帰りも女官や護衛騎士はつかないらしい。それも仕方ないとあきらめ、伯爵家の屋敷へと帰る。

久しぶりに人とたくさん話したから、少し疲れてしまった。それでもアラベル様と会えたのはうれしくて、嫌な疲れではなかった。

馬車が着くと、御者が伯爵家の使用人へと声をかけていた。このドレスは離れに置いておけるだろうか。本邸で管理するのかもしれない。

「お嬢様のドレスを積んできている。運ぶために使用人を呼んできてくれ」

「わかりました」

報告を受けたのか、デニスと侍女が荷物を取りに出てきた。中身がドレスだとわかったからか、丁寧に箱を馬車から降ろしていく。すべての箱が馬車から降ろされた後、私もデニスの手を借りて馬車から降りる。

その時、本邸のほうから誰かが出てきたのが見えた。髪をゆるく巻いて、ふわりとした桃色のワンピース。どこかに出かけるところなのか、私の顔を見て驚いた後でにやっと笑った。

「あらぁ。お姉様、どこに行ってきたの？」

「王宮よ」

「王宮？　ふうん。ねぇ、この箱はなあに？」

答える前に近くにいた侍女から箱を取り上げ、開けて見ている。マーガレットは薄黄色のドレスを広げるようにして、可愛らしく微笑んだ。

「わぁ！　綺麗な色ね！　こんな色のドレスは見たことがないわ！　素敵！　ねぇ、お姉様。このドレスはもらうわね！」

「え？」

「だって、お姉様には必要ないじゃない。お茶会に行くわけでもないし、お買い物にも行かない。こんな素敵なドレスはお姉様にはもったいないわよ」

「何を言っているの？」

侍女が持っていた箱を奪うようにして次々と開けていく。その度にこれもいいわぁとうれしそうにしている。欲しがる気持ちはわからないでもないけれど、本気で言っている？

「え？　この箱もドレス？　もしかして全部そうなの？　じゃあ、一枚だけはお姉様にあげる！　あとは全部私の物にしてもいいわよね！」

どうしてそんなふうに思えるのか、五着あるドレスのうち四着を自分のものにするつもりらしい。だが、そんなことを許すわけにはいかない。

「だめよ」

「え？」

「このドレスはマーガレットが着て良いものじゃないわ」

「ええぇ？　お父様！　聞いて！　お姉様が意地悪言うのよ！」

マーガレットの視線の先を見たら、ちょうどお父様が本邸から出てくるところだった。どうやらマーガレットと出かけるところだったらしい。

「どうしたんだ？　マーガレット」

「お姉様がこのドレスをくれないって言うの！　こんなにいっぱいあるのに、私は着ちゃだめって！」

「なんだと？　お前はまたそんなわがままを言っているのか！」

マーガレットの言葉を聞いて、お父様はすぐに怒鳴り始める。忌々しそうににらみつけられ怯《ひる》みそうになるけれど、それでもお父様に言い返す。

「わがままなんて言っていません。薄黄色のドレスはマーガレットに着させるわけにはいかないからです」

「まだ言うのか！　お前にこのようなドレスなどもったいないわ！　マーガレットのほうが似合うだろう！」

「ですが」

どうしてマーガレットに渡せないのか説明しようとしたら、お父様は何も聞く気がないのか、ドレスの箱をすべて取り上げられる。

「いいからマーガレットに渡せ！　これはマーガレットのものだ。妹の願いもきけないような娘にはやらない！」

やらないって、お父様が仕立てさせたものではないのに。もうこれ以上何を言っても無駄なのかと思い黙ると、慌ててデニスがお父様を止めようとした。

「旦那様。それはいけません」

「なんだと？」

「薄黄色のドレスは王家か公爵家の婚約者のみが着ることを許されているものです。仕立てるのにも王家の許可が必要なのです。これはアリアンヌ様のために王家が仕立てたドレスです。もし、マーガレット様が着たことが知られた場合、マーガレット様は厳しい罰を受けることになります」

「それは本当か？」

「本当です。安易な気持ちで着ていいものではございません。このドレスを着るということは身分を偽ることになり、厳罰に処せられます。マーガレット様だけではなく、この伯爵家も処罰されることになります」

マーガレットが着てしまったら、王家や公爵家の婚約者だと偽ったことになってしまう。これは王家を侮辱することにもなり、最低でも貴族の籍は廃されてしまう。第二王子の婚約者である私から無理に奪ったということがわかったら、平民に落とされるだけでは済まないかもしれない。

「お父様、マーガレット、このドレスは王弟妃アラベル様から渡されたドレスです。王子妃教育に使うものなので、一枚でも紛失した場合、お父様の責任となります。ですので、マーガレットにあげるわけにはいかなかったのです」

　ようやく拒んだ理由を言えたと思ったが、お父様の機嫌を損ねてしまったらしい。取り上げられたドレスはそのますべて後ろに放り投げられてしまった。

「え？」

「ふん。こんなものはもういらん。マーガレット、新しいドレスを買いに行くぞ」

「本当!?　お父様、ありがとう！」

　ふふんと勝ち誇ったような顔で私を見たマーガレットは、わざわざ引き返してまで土の上に落ちたドレスを何度も踏みつけてから馬車に乗る。あぜんとしている間に二人が乗る馬車は屋敷から出て行った。

「……なんてことを」

王家の象徴の色である薄黄色のドレスを踏みつけるなんて。

「アリアンヌ様、ドレスはこちらで綺麗にしておきます！」

「ええ。お願いするわ」

どれだけ不敬なことをしたのか理解できているデニスも真っ青な顔になっている。侍女たちが汚れてしまったドレスを拾い、急いで本邸へと運んでいく。すぐに汚れを落とすのだろうけど、元通りになるだろうか。


一度目の王子教育から二日後。二度目の王子妃教育が行われる日の朝、侍女が朝食と一緒にドレスを運んできた。

マーガレットに踏まれてしまったドレスを確認したら、目立つような汚れや傷みはなかった。これなら大丈夫だとほっとする。さすがにドレスは一人で着替えることができず、侍女に手伝ってもらう。

高級な布地なのに、また焚火のような匂いがした。伯爵家の洗濯用の石けんがこんな匂いなのだろうか。ずいぶんと変わっている。

前回と同じように高齢の御者が一人で迎えに来て、王宮に向かう。薄黄色のドレスは少しだけ大きかったけれど、裾を引きずるほどではない。

外宮に着いて指定された部屋で待っていると、アラベル様が女官ではない女性を連れて部屋に入ってきた。

「おはよう。待たせたかしら？」

「おはようございます。いえ、それほどでもありません」

「そう。こちらは仕立て屋ベルリアの主人ベルリアよ」

仕立て屋の女主人は礼をした後、なぜかきょろきょろと誰かを探している。

「ベルリア、どうかして？」

「いいえ、今日はアリアンヌ様の採寸だと聞いておりましたので、アリアンヌ様はどちらにと思っただけでございます」

「え？」

この女性は私の採寸に来たのに、誰を探しているんだろう。目の前にいるのに気がついていない？　不思議に思ったのは私だけで、アラベル様はやっぱりと言った。

「ベルリア、ここにいるのがアリアンヌよ」

「はい？」

「私がアリアンヌよ。アリアンヌ・バルテレス」

「え？　そんなはずは」

「ベルリアが今まで会っていたのはアリアンヌの偽者だわ。こちらが正真正銘のアリアンヌ・バルテレスなの。第二王子の婚約者として、この薄黄色のドレスを着ているのが証拠よ。わかるでしょう？」

偽者のアリアンヌでは薄黄色のドレスは着ることができないとわかったのか、ベルリアはハッとした顔になって、それから青ざめる。

「では、もう三年もおつき合いしているアリアンヌ様を名乗る令嬢はいったい？」

「三年？」

「きっと、妹のマーガレットのほうでしょうね。バルテレス伯爵が一緒だったのでしょう？」

「ええ、そうです。バルテレス伯爵もいらっしゃいました」

どうしてお父様はマーガレットのドレスを私の名前で作っていたのか。首をかしげてしまったら、アラベル様が説明してくれる。

「三年前から噂があったのよ。伯爵家に戻ったアリアンヌが、公爵令嬢のようにドレスや宝石を買いあさっているって」

「私はこの三年間、一度も服を仕立てていませんし、宝石も買っていません」

「大丈夫、わかっているわ。アリアンヌがそんな散財するような子じゃないって知っているもの。だから、アリアンヌがドレスを仕立てたと聞いたベルリアに頼んだのよ。アリアンヌの寸法でドレスを作ってほしいと」

少し大きなドレスはマーガレットの寸法で作られているから大きいんだ。

「すぐに、アリアンヌ様を採寸して作り直させていただきます」

「ええ、おねがいね。そして、わかっていると思うけれど、もう二度と偽者へはドレスを仕立てないように」

「かしこまりました」

ベルリアは私の採寸をすると、深々と礼をして部屋から出て行った。アラベル様はそれを見て、大きなため息をついた。

「ベルリア以外でもアリアンヌの名前で仕立てていたかもしれないから、王都内のすべての仕立て屋と宝石店には通達を出してもらうわ。偽者のアリアンヌには売らないように。本物のアリアンヌが必要な時は王宮の者が買い入れると」

「ありがとうございます。そんなことになっているとは知りませんでした」

「伯爵夫人はマーガレットだけ連れてお茶会に出席しているようね。アリアンヌがわがままで散財して困ると言ってまわっているのは夫人とマーガレットよ」

「……そうですか」

お母様とマーガレットが私の悪口を言っている。私のことが嫌いなのはわかるが、私の評判を落として何がしたいのだろう。そんなことをしたら、バルテレス伯爵家の名前も落ちるだけなのに。そして、そのような令嬢を婚約者にしたラザール様の評価も落としてしまっている。

「一度広まってしまった噂を完全に消すことはできないけれど、これ以上増やさないようにはできると思うわ」

「申し訳ありません。よろしくお願いいたします」

「アリアンヌのせいじゃないわ。さぁ、今日も頑張りましょうか」

「はい」

王子妃教育が終わると、馬車の用意が終わるまで窓から外をながめる。

あれから何度かリオ兄様を見ることができたけど、ジスラン様だけの時もあった。運よく見られたとしても、リオ兄様たちが通る数秒の間だけ。

あの時、リオ兄様と目が合ったのは偶然だったようで、こちらに目が向くことは一度もなかった。それでもリオ兄様を見られるのがうれしくて、通るのを待っていた。

だけど、三か月もしないうちにリオ兄様とジスラン様が学園を卒業する時期になった。学園を卒業したリオ兄様は王宮に来る用事がなくなったのか、来ていたとしても時間が違うのかわからないけれど、その姿を見ることはなくなってしまった。

最後にリオ兄様の姿を見た日、外宮を出て馬車に乗り込もうとしたら、空から一輪の花が降ってきた。あの時と同じ青い花。そして、『愛している』の文字。

涙が出るほどうれしかったけれど、誰かに見られては困ることになる。すぐに隠して馬車に乗った。

茎に刻まれた文字をそっとなでると、少しだけ左手の甲が光った気がした。精霊の祝福は見えなかったけれど、それでもあの時の想《おも》いが消えていないのがわかる。

ずっとそうして眺めていたかったけれど、もうすぐ伯爵家に着く。紙に包んでから持っていた歴史書に挟む。帰ったらまた押し花にしよう。

馬車が伯爵家の敷地に入ると、近くにいたのかデニスが出迎えてくれた。

「お疲れさまでした、アリアンヌ様。何かいいことでもございましたか？」

「ええ、とてもいいことがあったわ」

何か気がついたのか、デニスが穏やかに笑っている。

御者が私に礼をして馬車に乗ろうとした時、玄関からマーガレットとお母様が出てきた。これからお茶会にでも行くのか、おそろいのドレスを着ている。あざやかな青色に白いレース。とてもいい布地を使っているようで、二人によく似合っている。

「お姉様、久しぶりね。たまにはお茶会に出席すればいいのに、今日もさぼりなの？」

「さぼりだなんて。今も王子妃教育で王宮からの帰りよ」

「何それ、自慢？」

「自慢なんてしていないわ」

そもそもお茶会の誘いなんて来たことがないし、招待状が届いても私には見せずに処分しているのを知っている。そして、そのことを私が気に入らなくて破り捨ててしまって困ると嘘をついていることも。

「ねぇ、その本お気に入りなの？」

「え？」

さっきの花を挟んだ本を抱きしめたままだった。それを見て、何かあると思ったのかマーガレットが本に手を伸ばそうとした。

「その本、ちょうだい？」

「だめよ」

伸ばされた手から本を隠すと、マーガレットはにやりと笑う。お母様の方を見て、おねだりを始めた。

「ねぇ、お母様。私もお姉様みたいに勉強してみたい。だから、あの本が欲しいの」

「あら、マーガレット。なんていい子なの。アリアンヌ、その本をマーガレットに渡しなさい」

「これは、渡せません」

どうして私のものを欲しがるんだろう。マーガレットは何でも持っているのに。

お母様に怒られることを知っていても、どうしても渡したくはなかった。リオ兄様からの花だし、誰からもらったのかと咎められても困る。

「可愛い妹に本の一つも渡せないなんて、本当に嫌な子ね。どうしてこんな性格の悪い子が生まれたのかしら。あなた、もしかして第二王子妃になるからって、私たちのことを見下しているんじゃないの？」

「そんなことありません！」

「どうせ、そのうち捨てられるくせに、本当に腹立たしいわ。ほら、早くその本を寄越しなさい！」

このままでは奪われてしまうと思ったら、御者が止めてくれた。

「伯爵家の奥様。その本は王家からの貸し出しです。王子妃教育は王家と公爵家の婚約者のみが受けられる教育となっていますので、そちらのお嬢様に本をお貸しすることはできません」

「何よ！　御者がえらそうに！」

「私は王家に雇われた御者です。何かあれば報告する義務がございます。このことが知られれば、処罰を受けるのは奥様とお嬢様だけではございません」

「なによ、わかったわよ。マーガレット、行きましょう！」

「はぁい。お姉様、これで勝ったなんて思わないでよ」

止められて面白くなかったのか、真っ赤な顔をしてお母様は通り過ぎる。その後を、マーガレットが追いかけて行った。その時、遠くからお母様のつぶやきが聞こえた。

「うちにはマーガレットさえいてくれたらそれでいいのに。どうしてあんな子が生まれてきちゃったのかしら」

いや、わざと私に聞かせたのかもしれない。言われなくてもお母様がそう思っているのはわかっているのに。

「アリアンヌ様、お気になさらずに。奥様をお止めできずに申し訳ございません」

「いいのよ、デニスでは無理だったのでしょう。御者のあなた、名前を聞いてもいいかしら？」

「ラルフと申します。出しゃばった真似をいたしました」

「ううん、すごく助かったの。ありがとう、ラルフ」

「どういたしまして」

持っていたのは、ただの歴史の本だった。それはラルフも見てわかっていたと思う。私が渡したくないのだと知って助けてくれた。お礼を言うと、ラルフはペコリと頭を下げ、馬車で王宮へと戻っていった。


そして、それからまた三年が過ぎ、私が学園に入学する時期になった。

王子妃教育は順調に進み、アラベル様からはこれ以上急いでする必要はないと言われ、一時的にお休みすることになった。

「アリアンヌが学園に入学した後はそちらを優先いたしましょう。あとは学園を卒業した後でも間に合うと思うわ。アリアンヌは優秀だから、それほど教えることは残っていないのよね」

「そうなのですか？」

「ええ。でも、私は指導者でもあるけれど、相談相手でもあるから。何か困ったことがあったらいつでも相談して」

「ありがとうございます」

王子妃教育が始まって三年間、まともに会話できたのはアラベル様だけだった。いてくださらなかったらどれだけつらかったかわからない。お礼の意味もこめて礼をすると、アラベル様はうれしそうに笑った。

5　アリアを取り戻すために

父上の誕生会、気は乗らないが出席しないわけにもいかない。例年通り、デュノア公爵家の中庭で行われるが、アリアがいなくなってから規模は縮小している。

王族と他の公爵家、デュノア公爵家の分家に限定しているのは、他の公爵家の分家まで呼ぶと、俺にまとわりついてくる令嬢が爆発的に増えるからだ。デュノア公爵家の分家の中にも令嬢を勧めてくる者はいるが、あまりにもしつこい時は分家であれば制裁をすることもできる。

それでも完全になくすことはできない。今も、当主たちのそばには令嬢がいて、こちらの隙をうかがっている。ここ数年、何度も婚約者はいらないと言い続けているから少なくはなったが、学園の卒業が近くなってまた騒がしくなっている。

「リオネル様も学園を卒業する前には婚約者をお決めになるのでしょう？　あぁ、イノーラ侯爵家のロゼッタ嬢が優秀だと言われているようですなぁ」

「ロゼッタ嬢ね……たしかに優秀だな」

「ええ、学園でも才女と言われているとか。ですが、うちの娘もなかなかでして、優秀さには欠けるかもしれま……」

「リオネル！」

分家の侯爵家当主の話を聞き流していたら、後ろからジスランに呼ばれる。そろそろ来る頃だと思っていたが、機嫌が悪そうだ。

「遅かったじゃないか」

「お前がどこにいるのかわからなくて探してたんだ。来いよ」

「ああ」

王太子になるであろうジスランに逆らいたくないのか、俺を囲むようにしていた分家の当主たちが離れていく。助かったと思いながらジスランについていく。

「なんで否定しないんだよ！」

「否定って何がだ」

「婚約者にロゼッタはどうかって言われて、まんざらでもない顔してただろう」

「ああ、それか」

会ったばかりなのに機嫌が悪いのはそれのせいか。思わず笑ってしまって、ますますジスランを怒らせる。

「否定するわけにはいかないだろう。ロゼッタ嬢は優秀なだけじゃなくて、見目も性格もいい。公爵家嫡男の婚約者になったとしても問題ないだろうよ」

「おいっ」

「未来の王太子妃なんだからな。公爵家次期当主の俺が婚約者にふさわしくないなんて否定できるわけないだろう」

「……そういうことか。すまん」

まだ婚約者として公表できないから、ジスランが不安になるのも当然だ。だが、少し考えればわかるだろうに。王太子の婚約者に選ばれる令嬢を、臣下になる俺が否定することはできないのだと。

「わかればいいよ。俺が否定しなかったくらいで、なんで焦ったのかは理解できないけどな。俺にはアリアがいるのに」

「まだあきらめていないんだな」

「あきらめるわけないだろう……もうすぐアリアは十二歳になる。王子妃教育はどうするんだ？」

「カリーヌ妃には王子妃教育のための予算は出さない」

「まぁ、当然だろうな。アリアを婚約者にした時に予算を削ったのは効果的だったようだ。かなり怒ってたんだろう？」

「ああ。勝手なことをしたのはカリーヌ妃だ。何を言われても突っぱねた」

本来ならアリアに支払われる支度金は王家から出される。だが、陛下とジスランに頼んで、カリーヌ妃の予算の中から支払うように命じてもらった。

カリーヌ妃は陛下に許可を得ずにラザール王子の婚約者を決めた。通常、王子の婚約者は学園に入ってから決めるものだ。その前に勝手に決めたのだから王家から予算は出さない、そう通告してもらった。おそらくその分はカリーヌ妃の生家ファロ伯爵家が出すだろうが、カリーヌ妃はアリアを婚約者にして損をしたと思ったはずだ。

王子妃教育もカリーヌ妃は教えられない。カリーヌ妃自身が王子妃教育を受けていないため、教えられる人にお願いして、その分の費用を出さなくてはいけなくなる。自分の予算がまた減るようなことはしたくないと思うだろう。

「王子妃教育をアラベル様にお願いできないか？」

「アラベル様に？　アリアンヌに王子妃教育を受けさせるのか？」

「公爵家の当主夫人も同じ教育を受ける必要があるだろう？　費用は俺が出す」

「……そういうことか。わかった。父上が手配したように見せかけよう」

「王子妃教育のために王宮に通う馬車の手配も俺がする」

「お前な……」

呆《あき》れたような顔のジスランに、冗談で言っているわけじゃないと伝える。

「叔父上はアリアが死んだとしても悲しまない。伯爵家の屋敷内は公爵家の手の者を入れてアリアの身を守っているが、王宮に通う間は無防備になる。叔父上は護衛を雇うことはしない」

「まさか。……考えすぎじゃないのか」

「本当のことだ。表向きは御者を一人だけ雇っていると見せかけて、腕の立つ護衛騎士をつける。通る道の警備も強化するつもりだ」

「アリアンヌの安全のためか。仕方ないな、父上にはこっそり伝えておくよ」

「頼んだ」

ずっと離れに閉じ込められたままだったアリアがようやく外に出られる。つらかっただろうに、俺はアリアのそばにいって慰めることができない。こうしてアリアの身を守りながら解放されるのを待つしかない。

「あと何年待つつもりなんだ？」

「何年でも待つよ。言っただろう？　俺にはアリアしかいないんだ」

「お前、筆頭公爵家の次期当主だろう」

「それでも、俺はアリア以外と結婚する気はない。デュノア公爵家はジスランの子か、クロードの子が継げばいい。誓約したのを忘れたのか?」

三大公爵家は王家を存続させるためにあるものだ。公爵家の後継ぎは、王家の者か他の公爵家の者でもかまわない。絶対に俺の子でなければいけないわけじゃない。

「はぁぁ。わかったよ。好きなだけ待っていい。だが、俺もラザールの兄だ。ラザールがアリアンヌを大事にするようであれば、解消に動くことはできない」

「……それはわかってるよ。アリアが幸せならそれでいい。だけど、いつか戻ってくるかもしれない。アリアがラザール王子と結婚しても別れる時が来るかもしれない。俺はその時に迎えにいける立場でいたいんだ」

「そうか。そこまでの覚悟ならいいさ」

アリアが連れ去られた後、ジスランと交渉して精霊をおとなしくさせる代わりにアリアの婚約に制限をかけることができた。カリーヌ妃はアリアが学園に入学する年になるまでアリアに関わることができない。アリアとラザール王子の交流は、ラザール王子が学園に入学するまでできない。

もともとカリーヌ妃は王家の名で契約をすることができないはずだった。それなのに王家の許可なくラザール王子の婚約を結んでしまった。このことで陛下はカリーヌ妃に二度と王家の名で署名をしてはいけないと命じた。

だが、そのせいでカリーヌ妃からは婚約解消ができなくなった。婚約解消ができるのはラザール王子が王家の名で署名することができる十五歳になってから。

だから、それまでは二人をアリアに近づけないように制限をかけ、アリアの悪い噂が広まるのをただ我慢している。

精霊教会の結果がわかれば、またアリアの価値は下がるだろう。悔しいけれど、今はそれに耐えるしかない。

「……先は長いな」

「ああ。それも覚悟している」

ジスランからすれば、叶わぬ夢にすがっているように見えるのかもしれない。それでも、俺の隣にいてほしいのはアリアだけだから。

6 婚約者との再会

あと十日もすれば学園の入学式という時期になって、第二妃カリーヌ様からお茶会の招待状が届いた。さすがにカリーヌ様からの招待状はお母様でも捨てられなかったらしく、デニスから渡される。

第二王子ラザール様の婚約者になってから六年。カリーヌ様とラザール様とは何の交流もない。どうして会うこともないのかと思っていたら、カリーヌ様は私が学園に入学する年になるまで会うことを止められていたらしい。陛下の許可も得ずラザール様の婚約を決めたことで、行動に制限をかけられていたようだ。

王子妃教育の時と同じように薄黄色のドレスを着て王宮に向かう。

今日は外宮ではなく、後宮のカリーヌ様の居住区に呼ばれていた。後宮に入る際に所持品などの検査を受けたが、荷物と言えるようなものはない。着ているドレスも王家から下賜されたものだ。問題があるわけがない。

女官の案内でカリーヌ様が待つ場所へと向かう。そこはカリーヌ様専用の庭園だった。

座っている女性がカリーヌ様だと思うが、真っ赤なドレス。妃が公式で着る黄色のドレスではない。ということは、このお茶会は非公式なものらしい。

「あなたがアリアンヌね？」

「はい。アリアンヌ・バルテレスと申します。本日は」

「あぁ、そういう挨拶はいらないわ。座って」

「はい」

カリーヌ様は名乗る気もないらしい。帰れと言われたのかと思ったが、どうやら形式的なものは嫌いなようで、挨拶もなく持っていた扇子でカリーヌ様の向かい側の席を示された。

薄茶色の髪に茶色の目。色は平民に近いが顔立ちは美しく、貴族にしか見えない。元は子爵家とは言っても、ファロ家は有数な商家でもある。中級だという理由で側妃に選ばれたと思っていたが、カリーヌ様自身の美しさもあって選ばれたのかもしれない。

「アリアンヌは思ってたよりも地味ね」

「地味ですか？」

「白金色の髪だと聞いていたのに、違うじゃない」

カリーヌ様に指摘されて、自分の髪を一房取って見てみる。日に当たっても薄茶色に見える。しかも、カリーヌ様の髪とは違って手入れをされていない。パサついて艶のない髪は薄茶色というよりも黄土色？　以前のような光り輝く白金色には全く見えない。

「幼い頃は白金色でしたが、ここ数年ですっかり色が変わってしまいました」

「ふうん。ねぇ、下級以下だったたっていうのも本当？」

「はい。本当です」

カリーヌ様が猫のような目をこちらに向ける。じっと何かを観察しているようだが、ふうっと息を吐いた。

「失敗したわ。慌てて婚約なんてさせるんじゃなかった。大損だわ。あなたの支度金いくらかかったと思ってるのよ」

「え？」

支度金？　そういえば、王子の婚約者になれば支度金が出るはず。私は知らないからお父様が受け取っているのだろう。だけど、支度金を出すのは王家であって、カリーヌ様ではないはずだけど。

「公爵令嬢になるって聞いたから婚約させたっていうのに、デュノア公爵家に縁を切られたっていうじゃない。そうよね。下級以下の伯爵令嬢を養女にする気はないわよねぇ。しかも伯爵家に帰ってからの評判は最悪だし」

がっかりしているカリーヌ様に、何も言えずに黙る。地味な色になって、下級以下だった、ただの伯爵令嬢。第二王子の婚約者として認められたいわけじゃないけれど、こんな風にすべてを否定されると悲しくなる。

「アリアンヌは特級だから王太子妃になる、なんて噂を信じたのが馬鹿だったわ」

「あの、その噂は間違っています。私が特級だったとしても王太子妃にはなれません」

「どうして？」

「王太子妃に選ばれるのは三大公爵家に生まれたか、その分家筋の侯爵家です。伯爵家から王太子妃が選ばれたことはありません。養女になったとしても生まれが伯爵家の私では無理でしょう」

「嘘！」

実際にジスラン様が選んだのはイノーラ侯爵家の令嬢ロゼッタ様だった。イノーラ侯爵家はデュノア公爵家の分家だ。三大公爵家にはジスラン様と合う令嬢がいなかったのか、四人目の侯爵家出身の王太子妃となった。

結婚して二年目。そろそろ子が生まれてもおかしくない。そうなれば、ますますラザール様の王位継承順位は下がる。

そういえば、カリーヌ様は王子妃教育を受けていないと聞いた。だから、ラザール様が王太子になれるかもしれないと誤解していたのか。

「じゃあ、アリアンヌが特級で、デュノア公爵家の養女になって筆頭公爵家の後ろ盾がついたとしても、ラザールが王太子になることはなかったって言うの⁉」

「そうです。それにジスラン様に何かあったとしても、次に王太子に選ばれるのは王弟殿下の息子クロード様です」

「は？　王弟の息子？　どうして？　ラザールは王位継承順位第二位だって言われたわよ？」

それも誤解だ。いや、言われた時はそうだったのだ。

「ラザール様が王位継承権を認められた七歳のお披露目の時はそうでした。その二年後、クロード様がお披露目になり、順位が変わりました。王弟殿下は先代王妃から生まれていますので、そちらの血筋が優先になります」

「ラザールは王子なのに？」

「王弟殿下は正妃から生まれた王子ですので」

この国の王位継承権は正妃の子が優先される。側妃の子は、王妃の血筋が途絶えた時だけ王位につくとされているのだが、この国が始まって以来、側妃の子が継いだことはない。カリーヌ様が王子妃教育を受けてさえいれば、こんな誤解はしなかっただろうに。

「じゃあ、全部無駄だったってことね。わざわざお父様にお願いしてまで婚約させたっていうのに、ラザールは王太子にならなかったし意味なかったわ」

「どうしてラザール様を王太子にしたかったのですか？」

言ったら怒られるだろうが、ラザール様は王太子に向いていないと思う。一度しか会っていないが、王子妃教育で外宮に来ていると噂を聞くことはある。十二歳で精霊教会に行ったが下級だったらしい。それに納得いかなかったのか、反発して王子教育もさぼっているという。最近では王宮にいることも嫌がっていて、カリーヌ様の生家ファロ伯爵家に入り浸っているとも聞いている。

「私ねぇ、第二妃になったらもっと楽しいと思っていたの。なのに自由にお金は使えないし、どこに行くにも許可がいるし、遊ぼうにも後宮に呼べる人間は限られているし。ラザールが国王になれば、国母である私も好きにできると思ったの」

「……万が一、ラザール様が王太子になられることがあったとしても、その場合は王妃の養子となることが決められています。カリーヌ様が国母として扱われることはありません」

「信じられない。もう！　なんなのよ！　そんな決まり知らないわよ！　あなた、その目は私のこと馬鹿にしているのでしょう」

「していません」

馬鹿にはしていないが、王子妃教育さえ受けてくれていたなら、こうならなかったのにとは思った。すべてはカリーヌ様の誤解から始まったことだったとは。

「あなたねぇ、ラザールの婚約者だからって偉そうにしているそうじゃない。たかが伯爵令嬢なのに、公爵家と同じくらいドレスを買いあさっているんですって？　妹や両親のことも馬鹿にしているそうじゃない」

「そんなことはしていません」

「ほら、また否定する。あなたが言っていいのは、はいという言葉だけよ」

言っていいのは肯定する返事だけ？　それが違うことだったら、どうしたらいいの。思わず黙ってしまっていたら、それも面白くないようで閉じた扇子を投げつけられた。急なことで避けることもできず、扇子は額に当たって茶器の上に落ちた。倒された茶器から、お茶がこぼれていく。

「あーもう。帰っていいわ。最近はラザールも同じように反抗的な目しかしないし。せっかく婚約させてあげたあなたも反抗的だし。もう、二人ともどうでもいいわ」

「どうでもいい、ですか？」

カリーヌ様は私に興味をなくしたようだ。それなら婚約は解消される？　そう思ったのに、そうではなかった。

「私はもう知らないから、後は勝手にして」

「え？　婚約を解消しないのですか？」

「どうしてそんなめんどくさいことしなきゃいけないの？　私は関係ないわ」

「そんな！」

カリーヌ様は本当にどうでもよくなったように手のひらを軽くふって、自分の部屋へと戻ってしまった。置いて行かれた私は、女官が声をかけてくれるまで動けずにいた。


学園の入学式、用意されていたのは鮮やかな赤いワンピースだった。

今まで私のために服を用意することなんてなかったお父様が、どういう理由なのか、マーガレットのお下がりではなく新品の服を用意したようだ。

その証拠に丈がぴったりで、布が擦り切れたり裾がほつれていることもない。ただ、学園に通うのに赤色というのは派手ではないだろうか。

離れには学園に着ていけるような服はないし、着古したマーガレットのお下がりを着ていくよりかはましかもしれない。あきらめて着替え、学園へと向かう。

王宮から頼まれているのか、御者はラルフだった。こんな時でもお父様は伯爵家の馬車を出す気はないらしい。

学園に着いて、ラルフの手を借りて馬車から降りる。やはり赤い服は目立つのか、一斉にこちらを見られた気がした。気まずい思いをしながら、講堂へと向かう。

講堂では一学年の学生たちが集まり、入学式を待っていた。

誰も知り合いはいないはず。いや、デュノア公爵家の知り合いはいる。だけど、バルテレス伯爵家はデュノア公爵家から縁を切られているので、昔の知り合いに会ったとしても声をかけることはできない。

気がついたら周りからじろじろと見られている。赤い服が目立っているからかと思ったが、それにしては視線が冷たい。そして、こそこそと話しているのが聞こえてくる。

「あの服、信じられないわ。学園を何だと思っているのかしら」

「派手なドレスや宝石が好きで散財しているって本当だったのね」

「なんでも、買ったものはすぐに飽きてしまって、妹に押しつけるんだって。あなたが着ればいいじゃないって。だから妹はお下がりしか着られないそうよ」

「えー何それ。妹が可哀想《かわいそう》じゃない！」

「そうだけど、第二王子の婚約者だから誰も文句を言えないんだって。父親の言うことも全く聞かないらしいわよ」

どうやら私がわがままでドレスや宝石を買いあさっているという噂が、この学園内でも広まっているらしい。

これはアラベル様が言っていた。噂を増やすのは止められるけれど、流れてしまったものはどうにもならないと。

そして、用意された服が派手だったのは偶然じゃない。これもお父様とマーガレットの仕業なんだ。カリーヌ様に婚約解消の意思がないのなら、これ以上何かすればラザール様の評判も下げてしまう。バルテレス伯爵家にお咎めがあるかもしれないのに、それは大丈夫なんだろうか。

今までも一人でいたから、それほど苦ではないけれど。この学園でも友人どころか知り合いすら作れないかもしれない。そんなことを思っていたら、優秀者の発表になっていた。

この学園では入学時の上位三名を表彰し、学生会に任命することになっている。学生会というのは、学生の規律を守るための組織らしい。

「首席　ジョセフ・イノーラ」

発表されると周りからは歓声があがる。王太子妃ロゼッタ様の弟、ジョセフ様が一位か。この学年は王家も三大公爵家もいない。一番高位貴族のイノーラ家の令息が一位なのは順当かもしれない。

イノーラ家はデュノア公爵家の分家だからお披露目会や誕生会にも来ていた。ジョセフ様にも二度ほど会ったことがある。同い年とは思えないほど、落ち着いた頭の回転の速い令息だったと思い出す。今は会ったとしても話すことはできないけど。

「次席　アリアンヌ・バルテレス」

「え？」

私が二位だった？　驚いたのは私だけではなく、周りもざわついている。家を継ぐ令息が多い中、私が二位になるとは思わなかった。これは王子妃教育のおかげだろうか。それならば、次席に選ばれたことは王家として喜ばしいことかもしれない。

「三席　アニータ・レノリア」

今度はレノリア侯爵家の令嬢。またも令息ではなかったことで、ざわめきがおさまらない。三席までに令嬢が二人以上選ばれたのは初めてではないだろうか。

王妃アリエル様の生家エストレ公爵家の分家だが、デュノア公爵家とは関わりがないため、アニータ様とは会ったことはない。

周りの学生たちが、ふわふわした金髪の小柄な令嬢を見ている。きっと、あの方がアニータ様。見た目は可愛らしいけれど、凜《りん》とした態度はさすが高位貴族だと思う。

発表が終わると、教室へと移動が始まる。この学園は身分によって教室がわけられる。私は伯爵家なのに王家や高位貴族が入るA教室となっていた。おそらくラザール様の婚約者ということで準王族扱いになっている。

教室に入ると、机は四台しかなかった。ジョセフ様、アニータ様、私、あとはもう一人？　金髪紫目の令嬢がジョセフ様と話しているが、あの方だろうか。

教師が入って来て、全員が席についた。名前を呼びあげられたので、もう一人の令嬢が誰なのかわかった。アリーチェ・ジュスティ様。ジュスティ侯爵家はアラベル様の生家、ショバルツ公爵家の分家だったはず。

高位貴族しかいない教室だからか、ちらちらと見られることはないし、悪口を聞くこともない。だが、誰も私とは関わる気がないようだ。いないものとして扱われている気がする。

授業の間は誰かと話すことはなく、昼食は一人で食堂へと行く。そこでは他の学年や教室の令嬢たちが私に聞こえるように悪口を話している。だが、そのおかげで自分の状況がわかってきた。

ラザール様との婚約後、カリーヌ様は伯父様に私を養女にするように迫ったらしい。しかもたくさんの人が見ている夜会で。今まで可愛がって育てていたのだから、養女にすればいいと言われた伯父様は、アリアンヌは弟の娘だから奪うようなことはできないとはっきり断った。それでもカリーヌ様は夜会で会うたびに同じようにお願いし続けた。

いや、普通のお願いならまだ良かったのかもしれない。伯父様は筆頭公爵であり、第二妃よりも身分は上だ。それなのにカリーヌ様は何を思ったのか伯父様に命令したらしい。それがきっかけで、これ以上カリーヌ様のわがままにつきあえないと、伯父様はバルテレス伯爵家とはもうすでに縁を切っていると公表した。それもあってカリーヌ様、ラザール様だけでなく、私までジスラン様が王太子になることを反対していると思われていた。

カリーヌ様がしたことと、私の評判の悪さ。そして初日から派手な赤い服を着てきたこと。一人で昼食を取っていることから、味方は誰もいないと判断され、令嬢たちの攻撃対象になってしまっているようだ。ふぅぅとため息を吐く。一人でいるのも、悪口を言われるのにも慣れてしまった。だけど、むなしさはある。何のために頑張っているんだろう。

あぁ、そうだ。アラベル様の言葉があったからだ。覚えた知識は武器になると。アラベル様はきっと私が公爵家に帰れる日が来ると言ってくれた。婚約が解消されない以上、その言葉はもう信じていないけれど、それでも希望ではあった。いつかまたリオ兄様に会える日が来た時に、恥ずかしくないように。味方がいなくても、敵ばかりであっても。前を向いて頑張らなくては。

そして、孤独な一年が過ぎ、嵐がやってくる。

第二王子ラザール様、そして妹のマーガレットが入学してきた。

学園の入学式は新入生のみで行われるが、学生会だけは別だ。各学年の上位三名が学生会に選ばれ、入学式の準備も手伝うことになる。一年の時は学生会に選ばれていても名ばかりで、呼び出されることはなかった。だが、二学年にもなれば三学年の手伝いで呼び出される。

初めて学園に来た学生たちを講堂へと誘導していると、一台の馬車が入ってきたのが見えた。あれは王家の馬車だ。私が使用を許されている馬車よりも一回り大きい。きっとラザール様が乗っている。その予想通り、馬車からは赤茶髪の令息が降りてくる。この国ではめずらしい赤茶髪は昔と同じように短く切られている。

精霊は濃い色を好まないと言われている。だから、ほとんどが黒髪の平民は精霊術を使えない。赤は黒に近いため、やはり精霊に好まれない。それを知ったカリーヌ様が見たくないと言って短く切らせていると聞いた。

九歳の誕生会の時に一度だけ会ったことがあったが、あの時のラザール様はまだ八歳になる前で私よりも小さな男の子だった。十五歳になったラザール様は身長が伸び、体つきもしっかりしている。精霊術が使えないかもしれないからと、幼い頃から剣技も教えられたそうだから、身体は鍛えているのかもしれない。

そのラザール様に続いて、一人の令息が降りる。おそらく同い年だというファロ伯爵家の三男ディオ様。茶髪茶色の目で長身なディオ様の顔立ちはラザール様に似ている。身体つきもそっくりで、髪の色だけが違っている。王宮にいるのを嫌ったラザール様はファロ伯爵家に滞在している。そのため、ディオ様も一緒に登校したのだろう。

その時、もう一人が馬車から降りた。ディオ様の手を借りて降りてきたのは、マーガレットだった。薄茶色の髪をゆったりと巻いて、襟が白いレースの水色のワンピースを着ている。どうしてマーガレットまで一緒に？　と思っているうちに、三人が近づいてくる。

学生会の者としてラザール様を講堂に案内するべきか迷っていると、ディオ様がラザール様に何か耳打ちしている。眉をひそめたラザール様は私の前に来ると、声を荒げた。

「お前、俺を馬車まで迎えに来ないとはどういうことだ」

「え？」

「王族の婚約者なら、出迎えるべきだろう」

「ええ？」

そんなしきたりはあっただろうかと王族規範を思い返す。いや、令嬢が出迎えるなんてことは普通ありえない。

「俺のことを馬鹿にしているというのは本当だったんだな！」

「そんなことはありません」

「じゃあ、なぜ出迎えない！」

なぜと言われても困るのだが、とりあえず今は学生会としての仕事がある。

「今、ここにいるのは学生会の仕事です。入学生を講堂まで誘導するのが私の役割です」

「ふん！　学生会か！　また自慢なのか！」

「自慢ですか？」

「俺たちが学生会に選ばれなかったからわざとそう言うのだろう」

「ち、違います」

ラザール様が学生会に選ばれていないのなんて知るわけがない。それは入学式の後で発表になるのだから。慌てて否定したけれど、ラザール様は信じないようだ。

「人前だからと善人のように取り繕っていても、お前が性格の悪いわがままな女だと言うのは知っている。いつも屋敷ではマーガレットを虐げているのだろう！」

「そんなことはしていません」

「嘘つきめ！　いいか、マーガレットはディオと婚約した。従兄弟の婚約者に何かするなら俺が許さない！」

「マーガレットがディオ様と婚約？」

では、ディオ様がバルテレス伯爵家の婿になると。それは知らされていなかった。

「そうでしたか、おめでとうございます」

知ったからにはお祝いを述べなければと思ったが、私の言葉を聞いたマーガレットは身体を震わせてディオ様に抱き着いた。

「怖いわ、ディオ。帰ったらお姉様に何をされるか」

「大丈夫だよ、もう何もさせないよ。ラザールが僕たちを守ってくれるから」

ラザール様が守らなくても、離れにいる私では何もできませんけど？　そう言い返したくなったけれど、やめておいた。ここで何を言ったところで信じてもらえない。

「ラザール様、そろそろ講堂へ移動していただけますか？　入学式が始まってしまいます」

「誤魔化す気か！」

「話があるのであれば、後でいくらでも。ラザール様がいなければ入学式を始められず、皆が困りますので」

講堂の前で教師たちがこちらを見ているのに気がついたのか、ラザール様は舌打ちをして講堂へと向かう。その後ろからディオ様がマーガレットを庇《かば》いながら歩いていく。

初日からこれではと気が重くなる。他に入学生がいないことを確認して講堂に戻ると、ジョセフ様に「お疲れ様」と声をかけられた。

いつもなら無視されるのにと思っていると、少し離れたところからアニータ様もこちらを見ていたのがわかる。

二人ともラザール様との会話が聞こえていたらしい。どちらにも同情されるような目で見られているのがわかって、大丈夫だという意味をこめて微笑み返した。このくらいで落ち込むことはないと。


問題はないと思っていたが、次の日からラザール様に出迎えるようにと命じられる。カリーヌ様には頼れないし、王子からの命令を無視することもできない。仕方なく、早目に登校してラザール様が来るのを待つ。

挨拶をする私を見ても、返事をすることもなくラザール様は教室へと向かう。その度、ディオ様にはにらみつけられ、マーガレットはこっそりと笑っている。いったい何のために私に出迎えさせているのだろうと思っていたが、半月ほどしてから理由がわかる。

「これ、明日までにやっとけよ」

「え？」

帰りの馬車を見送ろうとしていた私にラザール様が何かを投げつけてくる。聞き返す間もなく、ラザール様が乗った馬車は出て行ってしまった。何を投げつけられたのかと見てみたら、それは一学年の課題だった。

「これを明日までやっておけって、私が？」

課題を代わりにやっておけというのは許されるのだろうか。それでも、しておかなかったら何を言われるのかわからない。とりあえず受け取ってしまった以上はそのままにできず、課題を解いて次の日の朝にラザール様に渡した。

「ラザール様、課題は自分で解かなくては意味がありません。次からは渡されてもしませんので」

「うるさい。これも王子妃の仕事だろう。黙ってやっておけよ」

「そんな仕事はありません」

「いいからやれよ。お前、俺と婚約解消になったら、屋敷から追い出されるんだろう？」

「え？」

「バルテレス伯爵が言っていた。お前が生意気なことを言うようなら婚約解消していいって。その時は平民にしてどこかに売り飛ばすってさ」

私を平民にして売り飛ばす？　そんなわけないと言い返すことはできなかった。お父様とお母様ならありえる。私を娘だなんて思っていない。婚約解消されるのも、伯爵家から出されるのも困らないけれど、平民にして売り飛ばされるのは嫌だ。もう二度とリオ兄様に会えなくなってしまう……。

「やっと自分の立場がわかったようだな。次からもちゃんとやれよ？　捨てられたくなかったらな」

ラザール様がにやりと笑いながら去っていく。呆然と見送るだけの私を見て、マーガレットがうれしそうにディオ様に甘える。

「ねぇ、ディオ。今までの仕返し、してもいいわよね。ずっとお姉様のわがままに困らされてきたんだもの」

「もちろん。マーガレットにはその権利があるさ」

「じゃあ、次からは私たちの課題もやってもらいましょう？」

「さすがに僕のは無理かな。マーガレットと同じ教室だから先生にバレちゃうよ。ラザールとマーガレットの分だけでも十分仕返しになるんじゃない？」

「それもそうね。じゃあ、お姉様。次からは頼んだわよ」

にやにやと笑うマーガレットにも何も言い返せない。悔しいというよりも、無力感でいっぱいになる。

それからは毎日のように二人分の課題を代わりに解かされる。マーガレットの課題は刺繍《ししゅう》などの提出物もあったが、よろしくね、の一言で押しつけられていた。

そのうち、ちょっとしたことでも用事を言いつけられ、使用人のような扱われ方をしているのを見かねたのか、アニータ様に聞かれるようになった。

「ねぇ、さすがに学園に言ったほうがいいのでは？　王子たちに嫌がらせされているのでしょう？」

「アニータ様、見ていたのですか。ですが、婚約解消されてしまえば、私は家から追い出されて学園に通うこともできなくなります。学園を卒業さえすれば、侍女や家庭教師としての仕事もできると思うのですが、今のままでは平民として生きていくことは難しいです」

「はぁぁ、普通は婚約解消しても追い出されることはないのだけど、アリアンヌ様の家は事情がありそうね」

「申し訳ございません」

さすがに婚約解消したら売り飛ばされるとは言えなかった。そんなことをアニータ様に言っても困らせてしまうだけだから。謝ろうとしたら、アニータ様に止められる。

一学年の時は無視されていたが、ラザール様たちが入学した後から、少しずつアニータ様から話しかけられることが増えた。

「最初はアリアンヌ様の評判が悪すぎて関わりたくなかったのだけど、一年間同じ教室で学んできたのだから、違うってわかっているわ。どう考えてもわがままを言って散財するような人じゃないって。それも王子たちのせいなのでしょう？　何とかならないのかしら」

「アニータ様にわかってもらえただけで十分です」

「……本当に困った時は言って？　少しくらいなら手を貸せると思うわ」

「ありがとうございます」

アニータ様の厚意はありがたいけれど、どこの家も私とは関わりたくないだろう。評判が悪いだけでなく、第二王子の婚約者という意味でも。その上、婚約解消して平民になった私を助けたりしたら。バルテレス伯爵家とファロ伯爵家からにらまれる可能性もある。

お礼だけ言って、アニータ様からもそっと離れた。仲がいいと思われたらアニータ様にまで迷惑がかかる。

卒業まで我慢すればいい。きっとラザール様のあの様子では私と結婚する気はないだろう。ラザール様の卒業までには婚約解消されると思う。

売り飛ばされるまでに逃げることができれば、平民として生きていけるかもしれない。卒業するまでに平民となっても生きられる道を探しておかなくては。

ラザール様やマーガレットたちが人前でも平気で私を罵倒するようになったせいか、他の学生たちも私を蔑んでいいような空気になっているのを感じる。

精霊に愛されていない下級以下だということで、今までもいい目で見られていないことはわかっていた。それでも伯爵家の令嬢、第二王子の婚約者という肩書もあって、大っぴらに蔑《ないがし》ろにされることはなかった。

精霊術の授業、演習は受けられないが座学だけは出席を許可されている。A教室とB教室の合同授業になっていて、小講堂にて授業を受ける。時間になって教師が入ってきたと思ったら、後ろから誰かが声をあげた。

「先生、この授業を受ける必要のない人がいます」

「下級以下で精霊術を使えないのに、ここにいる意味はあるのでしょうか」

「邪魔なので出て行ってもらいたいのですが」

次々に発言されるので、誰が言っているのかはよくわからない。それでも多数の学生が私がここにいることを良く思っていないのはわかる。発言の合間に、そうだそうだ、とか、よく言ったという声も聞こえてくる。

精霊術の座学は貴族としての教養でもある。そのため、精霊術が使えない私でも出席を許されていたのだが、それすらも許されないということだろうか。

「そうだなぁ。皆が邪魔だというのなら、出て行ってもらうか」

まさか教師までもが出ていくように言うとは思わなかった。それだけこの学園内で私の評判が悪くなっているのだろう。仕方ない、黙って外に出ようと思った時だった。

近くに座っていたジョセフ様とアリーチェ様が席を立った。

「A教室の者が出席できないと言うのなら、俺たちも退席するとしよう」

「え？　ジョセフ様が退席する必要はないのでは？　私たちは下級以下がいるのが許せないだけで」

「下級以下だから座学に出席してはいけない理由はあるのか？」

「ですが、無駄ではないですか？」

「それを判断するのはお前たちではないだろう」

ジョセフ様の周りにいた学生たちが止めようとしたけれど、ジョセフ様とアリーチェ様は席を立って、こちらへと歩いてくる。それにもう一人。アニータ様まで席を立った。

「くだらないわ。私も退席するわね」

「アニータ様まで⁉」

「A教室の仲間を侮辱されて黙っているとでも思ったの？　ありえないわ。ほら、アリアンヌ様。行きますわよ」

「え。ええ？」

私だけではなくA教室全員が授業を受けない気だとわかり、教師が慌てて止めに入る。

「あなたたち、授業をちゃんと受けなさい！」

「では、謝罪を要求します」

「は？」

ジョセフ様は私を庇うように前に立ち、学生や教師に向かって謝罪を要求した。

「理由もなくA教室の仲間を排除しようとした学生、それを認めた先生、アリアンヌ様に謝罪をしてください。そうしたら、私たちも授業に戻ります。今の状態ではあなたから教えを受けたくありません」

「そ、そんなことは無理だ」

「では、失礼します」

どうしてジョセフ様たちまでと考えているうちに、アニータ様とアリーチェ様に腕を取られ、四人で小講堂から出る。教師が何かを叫んでいたが、三人は気にすることなくA教室へと戻ろうとする。

「三人は授業に戻られたほうが」

「何を言ってるんだ。あんなのに従う理由がない」

「そうよ。あのような理不尽なことを許してはダメよ。あちら側が謝ってくるまでは出席しないわ。どうせ、ここにいる四人は授業に出なくても勉強できるでしょうし」

「そうね。A教室に戻って自習しましょう」

「あ、あの。ありがとうございます」

私だけ退出すれば済むと思っていたけれど、三人は本気で怒ってくれているらしい。謝ったらよけいに怒られるかもしれないとお礼だけ言った。

精神的に疲れた一日が終わり、帰りの馬車に乗ろうとしたら、手を貸してくれた御者のラルフに声をかけられる。

「アリアンヌ様、顔色が悪いですが、何かありましたか?」

「ううん、ちょっと寝不足なだけよ。大丈夫」

「途中で具合が悪くなるようでしたら声をかけてください」

「ありがとう」

ここのところ、ラザール様とマーガレットの課題と自分の課題で、睡眠時間が削られてしまっていた。これが卒業まで続くのかと思うと気が重くなる。今日もやることだらけで、何時に寝られるかわからない。

痛み出した頭を押さえるようにして、目を閉じた。家までの短い時間でも、少しでも休みたい。身体的にも精神的にも疲れてしまったからか、身体がすごく重く感じられた。

7　二人の企て

学園を卒業してからはデュノア公爵家の仕事を少しずつ任されるようになり、忙しくて王宮に行くことはめったになくなった。

アリアが伯爵家に連れ戻されてから数年、アリアと遊べなくなった精霊が苛立《いらだ》っている。災害が起きないように抑えているけれど、少しずつ領地に異常が起き始めていた。その対処も俺がしなくてはならず、アリアをこっそり見るために王宮に行くこともできなくなっていた。

そんな時、直接会って話がしたいとジスランから連絡がきた。手紙で書けないというならアリアのことだろうと、急いで王宮に向かう。久しぶりにジスランの執務室に入ると、側近たちは部屋から出ていく。人払いまでして話すことなのか。

疲れた顔のジスランと向かい合って座ると、報告書を渡される。中を見るとラザール王子の学園での行いのようだ。俺が調べさせたよりも詳細な報告に、思わず手に力がはいりすぎて報告書を握りつぶしてしまう。

「気持ちはわかるが落ち着け」

「わかってる」

ジスランはこれを俺に見せてどうするつもりなんだ。アリアへの仕打ちに思わずにらみつけそうになるが、ジスランは悪かったとため息をついた。

「のんきに見守ろうとしていた俺が悪い。ラザールがアリアンヌを大事にするならと思っていたが、こんな結果になってしまった」

「この一年、少しも大事にしていないようだな」

「俺は王太子だ。ラザールも大事だが、筆頭公爵家も大事だ。同じ大事なら、正しい方を選ぶ」

「手を貸してくれるのか？」

「ああ」

以前とは考えが変わったらしい。ラザール王子がアリアを大事にするなら、そのまま結婚させるつもりだったはず。でも、この報告書を読めば納得する。ラザール王子もアリアとの婚約を望んでいない。

むしろ、マーガレットの話を信じて、アリアがわがままで妹をいじめているような令嬢だと思い込んでいる。学園でアリアを貶《おとし》めているのは、その仕返しだと思っているようだが、アリアは何もしていない。

「何をする気なんだ」

「いくつかラザールが食いつきそうな餌を巻くことにした」

「好みそうな令嬢とか、か？」

「ああ。あいつはアリアンヌでは不満なようだからな」

「他の令嬢を近づかせるのはいいが、カリーヌ妃への対応はどうする？」

「騒ぐかもしれないが、アリアンヌとこのまま婚約させておくほうが問題だ。ラザールだって、そのほうがいいだろう。ラザールが俺に婚約解消を頼みに来たら、俺の署名で解消させようと思う」

ジスランの署名で解消か。ラザール王子とアリアの両名が解消を望むのであれば、王太子の署名でも解消は可能だろうが、王宮に寄りつかないラザール王子がジスランに甘えるだろうか。叱責を恐れて近づかないんじゃないかと思う。

「どんな餌を巻くのか教えてくれ。こちらでも手を打っておく。ラザール王子が婚約解消したくなった時に、すぐにできるように手を回す」

「わかった。動く前に教える。多少の無茶はしてかまわない」

「助かる……アリアは体力的にも精神的にも限界が近いと報告が来ている。倒れるようなら、保護してしまうつもりだった」

「できれば、それは避けたいな。わかった、気長なことは言っていられない。急ごう」

「頼んだ」

後日ジスランから手紙が届いた。隣国から王女を呼び寄せることを考えているらしい。

国内の可愛らしい令嬢をラザールに近づけようと考えていたところに、ちょうどよく隣国の王女から留学したいと許可願いが来た。問題が多い王女だが、見目はいいのでラザールは食いつくはずだ。王女の目当ては高位貴族の嫡男なので、リオネルにも迷惑はかけると思うが、それでもかまわないのであれば、ラザールに学園での案内役を命じることにする、そう書かれていた。

すぐにジスランへ返事を書いて使いの者に渡す。

その程度のことなら問題ない、すぐに実行してくれと。

8　いけ好かない婚約者

アリアンヌのことは最初から嫌いだった。

初めて会ったのはデュノア公爵家でのパーティー。アリアンヌの九歳の誕生祝だった。

ジスラン兄上が出席すると聞いて、俺も連れて行ってもらった。他家のパーティーに出席するのは初めてで、デュノア公爵家の広さに驚いて、侍従のヨゼフを連れまわしている間に兄上とはぐれてしまった。

一緒の馬車で来たからとはいえ、俺にも兄上にも侍従がついているのだから、ずっと一緒にいる必要はなかった。だけど、めったに会えない兄上と一緒にいたことで、もっと仲良くなれると思ってしまったのかもしれない。

やっと兄上を見つけた時、兄上は知らない令嬢と遊んでいた。その隣には見たことのある公爵令息。兄上の仲のいい友人リオネルだ。

兄上とリオネルに挟まれるようにして笑っている令嬢は、綺麗な白金の髪だった。光の反射ではなく、令嬢自身がキラキラしているように見える。

汚い赤茶髪の俺とは違って、精霊に愛されている証拠。兄上は上級、リオネルは特級だと聞いていた。じゃあ、あの令嬢も同じくらい精霊に愛されている？　ずるいと思った。精霊だけじゃなく、兄上とリオネルにまで愛されて。俺は弟なのに、いつも会いたいと言っても会ってもらえないのに。

「ヨゼフ、あれは誰だ」

「あの白金の髪はアリアンヌ様ですね」

「リオネルの妹なのか？」

それならば許してやってもいいと思った。公爵令嬢なら、兄上の結婚相手になるかもしれないのだから。怖い王妃様から優しくするように言われているのかもしれない。

「アリアンヌ様は伯爵家のご令嬢です。リオネル様の従兄妹になります」

「伯爵家の従兄妹？」

俺にとってのディオみたいなものか。じゃあ、リオネルと仲がいいのはわかる。だけど、兄上と仲良くするのはおかしいんじゃないのか？　兄上に聞いてみようと近付いたら、三人の会話が聞こえた。

「アリアンヌ、俺のこともお兄様って呼んでもいいんだぞ？」

「おい、ジスラン。なんでアリアがそんなこと言わなきゃいけないんだよ」

「リオネルだって本当の兄じゃないんだ。俺だってお兄様と呼ばれても問題ないだろう。ほら、ジスラン兄様って言ってごらん」

「アリア、呼ばなくていいからな」

「はい、リオ兄様」

呼ばなかったことにほっとしたけれど、同時に腹が立った。俺にはあんなふうに笑ってくれないのに。どうして、関係のない令嬢に兄様と呼べだなんて言っているんだ。

気がついたら、その令嬢の背中を押してしまっていた。令嬢は驚いた顔をしていたけれど、すぐにリオネルが助けていた。俺はジスラン兄上に叱られ、パーティーの途中なのにヨゼフと共に帰らされた。

そして令嬢を突き飛ばしたことは、俺ではなくヨゼフの責任だとされ、ヨゼフは俺の侍従ではなくなってしまった。俺がそのような失態をする前に止めなかったからだと。

幼いころから俺のそばにいてくれたのはヨゼフだけだったのに、挨拶することもできず遠ざけられてしまった。教育がなっていなかったからだとされ、王子教育は今までとは比べ物にならないくらい厳しくなった。

それが嫌で、よくファロ家に逃げ出すようになった頃、なぜかアリアンヌが俺の婚約者になったと告げられた。あの時、突き飛ばしたせいかと思ったが、そうではないようだった。

「婚約者が決まって、よかったわね。可愛らしい令嬢だそうじゃない」

「うれしくない。アリアンヌのこと、好きじゃないのに」

「わがままはよくないわね。せっかく私が婚約させてあげたのに。本当にあなたってかわいくないわ」

母上は俺の髪色だけじゃなく、顔も声も嫌いだった。どうやら母上が嫌いなお祖母様に似ているらしい。そのせいで同じ内宮に住んでいても顔を合わせることも少ない。

「あぁ、そうそう。王子の婚約者には支度金を出さなきゃいけないんですって。私の予算から出すように言われたけど嫌だから、ファロ家が出すように言ってちょうだい」

「俺がお祖父様に言うの？」

「そうよ。ファロ家にしょっちゅう遊びに行っているんでしょう。ついでに言っておいて」

「わかった」

母上がファロ家というより、お祖父様におねだりするのはいつものことだ。伝えたら何とかしてくれる。

「婚約者と交流するのは学園に行ってからになるけど、仲良くするのよ？」

「ああ」

だけど、ヨゼフがいなくなったことを認められなくて、彼がいなくなったのはアリアンヌのせいだと思ってた俺は、婚約者だと言われても仲良くする気なんてまったくなかった。

それから会わないまま数年が過ぎて、婚約者の存在を忘れかけていた頃、ディオからアリアンヌの話を聞いた。

「ラザールはいらない令嬢を押しつけられちゃったみたいだね」

「どういうことだ？」

「僕の婚約者はアリアンヌの妹なんだけど、いじめられて大変なんだってさ」

「は？　アリアンヌが妹をいじめているのか？」

アリアンヌに妹がいるなんて知らなかったけれど、ディオの婚約者だと？　驚いていると、ディオは俺の知らなかったアリアンヌの話を続けた。

精霊に愛される白金の髪は嘘だった。本当は薄茶色で精霊にも愛されていない、下級以下。公爵家でわがまま放題だったために生家に戻され、そこでもわがままを言って父親を困らせていた。ドレスや宝石を買いあさり、いらなくなったら妹に押しつける。

誰からも嫌われている令嬢なのに、第二王子の婚約者になったのは、公爵家の力が強かったせい。いらなくなったアリアンヌを王太子妃にするわけにはいかないから俺の婚約者にした。聞けば聞くほど腹が立って、その日は何も言わずに部屋にこもった。

あの時、キラキラしていたアリアンヌが精霊に嫌われる下級以下だなんて信じられなかった。兄上とリオネルと、楽しそうに笑っていたのは何だったんだろう。

だけど、学園で再会したアリアンヌは本当に髪色が変わっていて、あの笑顔は消えていた。妹のマーガレットからもアリアンヌにいじわるされていると聞いて、ようやく本当なんだと信じた。

どうせ俺は必要のない、第二王子だけど。さすがにそんなアリアンヌを押しつけられるのは嫌だ。ディオと協力して、マーガレットを守りつつ、アリアンヌに反省させることにした。

わからない課題を渡すだけではつまらなくなって、食事を運ばせたり、物を取ってこさせたりもしたけれど、このくらいはいいよな。俺はいらない婚約を押しつけられたのだから。

そんな学園生活も一年近くになり、少し焦り始めていた。俺、本当にアリアンヌなんかと結婚しなきゃいけないのかな。わがままで性格の悪い、外見も地味になってしまって何の取り柄もない令嬢。王子なのに、それってあんまりじゃないか。

そんな不満がたまり始めたころ、王宮から呼び出しを受けた。兄上が呼んでいるから王太子の執務室に顔を出せと。兄弟だとしても、むこうは王妃から生まれた第一王子。第二妃から生まれた俺とは身分が違う。幼い頃とは違い、兄だと慕うこともなくなっていた。今では年に数回の公式行事の時に顔を合わせる程度。それが王太子の執務室まで来いと言うのはどういうことだ。

「え？　今日は王宮に帰るの？　めずらしいな」

「帰るわけじゃない。兄上に呼ばれているんだ。終わったら戻ってくる」

「いいけどさぁ。王宮にいなくていいのかよ。そろそろまずいんじゃないか？」

「大丈夫だよ。母上だって何も言わないんだし」

ディオの言うとおり、何かまずいことでもしただろうか。思いつくとしたら婚約者のアリアンヌのことだ。だけど、母上だってあいつのことは好きにしていいって言ってた。悪いことをしているとは思っていない。

だが、最近は俺たちがあいつに課題をやらせていることが有名になりすぎた。一部の教師が俺から課題を受け取る時にため息をついていたりする。もしかして、学園から王家に連絡が行ったのかもしれない。

　その時はあいつが自ら言い出してやってると言っておこう。婚約解消したくないから必死なんだと言えば兄上も理解してくれるだろう。

　久しぶりの王宮。後宮までは行く気がない。本宮にある王太子の執務室の前にいる近衛騎士が、俺の顔を見て中に連絡をする。

「入ってくれ」

　奥からジスラン兄上の声がした。王太子の執務室に入るのは初めてだ。そこでは兄上の側近たちも机を並べて仕事をしていた。

「どうかしたか？」

「いえ、なんでもありません」

　つい、デュノア公爵家のリオネルを探してしまった。兄上の隣にはいつもリオネルがいたから、側近としてここにいるのかと思ったけれど、違うのか。

　こうして兄上をすぐ近くで見るのは久しぶりだ。背中まである金髪を後ろで一つに結んでいるが、キラキラした光をまとっているように見えるのは気のせいじゃない。

　同じ王子でも俺とは全く違う。兄上が悪いわけじゃないし、嫌いでもないんだけど、どうしてもそばにいると自分が異物なような気がして落ち着かない。母上ですら見たくないから短く切れといった赤茶色の髪。優れているものは何一つない、王子になんて見えない俺。どうしてこんなにも違うのかな。

「さて、呼び出して悪かったな。実はお前に頼みたいことがあったんだ」

「頼みですか？」

兄上から頼まれることなんて初めてだ。兄上はなんだってできるし、側近もこんなにいる。俺なんかに何を頼むっていうんだろう。そう思ったけれど、聞いてみたら兄上や側近ではできないことだった。

「来年度、アーネル国から第三王女が留学してくる。ラザールと同じ学年になるが、その学年には高位貴族の令嬢がいない。だから、お前に世話役を頼みたい」

「俺が世話役ですか？」

「ああ。本当は令嬢に頼みたいのだが、いないのでは仕方ない。お前には婚約者がいるし、一緒にファロ家の令息と婚約者もいるだろう。だから問題ないと判断した」

今、王族で学園にいるのは俺だけ。だから、俺に頼むのか。そのことは納得したけれど、隣国からの留学生。しかも王女。何をしにくるんだろう。そう思って素直に兄上に聞く。

「隣国の王女がどうして留学してくるんですか？」

「クリステル王女と言うんだが、金髪だということで、精霊術が使えるかどうか確認したいそうだ」

「金色？　他国なのにですか？」

金色は精霊王の色で、この国の王家の色。アーネル国は水色がかった銀色が王家の色だったはず。

「何代も前に、この国の王女がアーネル国に嫁いだことがある。この国の血をアーネル国の王家が受け継いだら、アーネル国も精霊王の加護を受けられるんじゃないかと考えたようだ。結果としては無駄だったが、そのおかげでまれに精霊に愛される者が生まれる」

「その王女がそうだと？」

「金髪だし、美しい容姿をしているというし、可能性は高いな。この国に来て精霊教会に行ってみなければ確認はできないが。もし精霊に愛されているのであれば、この国で嫁ぎ先を探したいと」

精霊に愛されている美しい王女か。誰に嫁ぐのだろう。ジスラン兄上はもうすでに妃がいる。隣国の王女を第二妃にするのは失礼だろうし。

もしかして俺が候補になるのかとにやけそうになった時、それに気がついたかのように兄上にくぎを刺される。

「三大公爵家か侯爵家の中でちょうどいい令息がいればいいんだが。ラザールに婚約者がいなければ候補にあげたが、もうすでに婚約者がいるしな。そういえば、お前は領主になる勉強をちゃんとしているんだろうな？」

「領主になる勉強？　なぜ、そんなことを？」

いったい何のことだ？　なぜ王子である俺が領主の勉強なんてしなくちゃいけないんだ。それは貴族の家を継ぐ者がやることだよな？

「何を言っている。もしかして知らないのか？　お前は学園を卒業したらアリアンヌと結婚するんだろう？　アリアンヌが伯爵令嬢なのはわかっているよな。だから、お前は伯爵家相当の王領を賜って、伯爵家を作ることになる」

「は？」

伯爵家を作るってどういうことだ？

「ラザール、王子教育が終わってないとは聞いていたが、自分のことくらいちゃんと理解しておけ。第二妃から生まれた王子は結婚相手の令嬢の家に婿入りするか、その令嬢の身分にあった爵位を新たに授かるかのどちらかだ」

「アリアンヌと結婚するから、俺が伯爵になるってことですか？」

「そうだ。わかっていてバルテレス伯爵家に婚約を申し込んだんだと思ったが、ファロ家の三男がバルテレス伯爵家に婿入りすると報告が来ている。それならお前は婿入りではなく、新たに伯爵家を作るしかないだろう」

「俺が伯爵……あいつのせいで」

そんなの知るわけないだろう。俺がアリアンヌと婚約したいって言ったわけじゃないんだから。なんだよ、相手の令嬢の爵位にあわせるって。俺の爵位にあわせるんじゃないのかよ。

「はぁ。少しは真面目に勉強しておけよ。学園を卒業したら、全部自分でやらなきゃいけなくなるんだぞ。アリアンヌに負担をかけるようなことはするなよ」

「……はい」

最後はため息交じりだった。やっぱり学園から連絡が来ていたのか。俺がアリアンヌに課題を任せっきりなのを知っている。納得できなかったけれど、とりあえずは返事をしておく。呆れている兄上にこれ以上何か言えば、怒られるような気がした。

兄上から聞いた話があまりにも衝撃的で、どうやってファロ家に帰ったのかわからない。ファロ家に戻ったら、ディオだけじゃなくマーガレットも遊びにきていた。俺が兄上から聞いた話をすると、二人とも驚いていた。二人も俺があいつと結婚したら伯爵になることを知らなかったらしい。

「嘘だろう。ラザールが伯爵になるなんて」

「それって、ものすごく身分が下がるってことでしょう？　ラザールは王子なのに、そんなの許されるの？」

「母上のせいだ。アリアンヌは伯爵家だけど、そのうち公爵家の養女になるからって言ってたのに」

そうだ。最初の話と全然違っている。アリアンヌはデュノア公爵家に可愛がられているから、結婚するまでには公爵令嬢になっているはずだからって。そしたら、俺は公爵になっていたはずだ。

それに精霊に愛されている白金色の髪だから、きっと特級だと言ってたのに、結果は下級以下だった。髪も汚らしい薄茶色に変わって、容姿も地味になってしまっている。

それって、あいつがそんなだったから公爵家から縁を切られたんだろう？　性格が悪すぎて、精霊にも嫌われて。王子妃になるとしても養女にしたくないと見捨てられたから。

どうして俺があんな奴と結婚しなきゃいけないんだ。誰からも愛されていない、いつもうつむいて黙っているだけの可愛くもない女。婚約したのは母上のせいなのに、母上はもう自分は関係ないから、俺に好きなようにすればいいって放り投げた。

腹が立って、最近は母上と顔を合わせるのも嫌で、王宮に帰らずにここにいるけれど……面白くないことばかりだ。

「全部、母上とあいつのせいなのに、なんで俺ばかりこんな目にあうんだ」

「もういいんじゃないか？」

「何がだ」

「婚約解消すればいいと思うんだ」

「!!」

ディオの案はものすごく魅力的だった。だけど、本当にそんなことをしていいのか？　第二王子の婚約者だぞ？　解消なんてしたら、問題になるんじゃないのか？

そう思ったけれど、ディオの案にマーガレットまで賛成した。

「いいわね！　お父様が言ってたわ。カリーヌ様に言われたから仕方なく婚約させたけれど、お姉様は王子妃になれるような人間じゃない。きっとそのうちカリーヌ様もそれをわかって、婚約解消するだろうって」

「バルテレス伯爵がそう言ってたのか？」

「お父様だけじゃないわ。お母様もよ。あんなひどい性格のお姉様のことは自分の娘だと思っていないって。だから、婚約解消したら平民にして追い出すって」

「母親からもそんな風に思われるくらいひどいのか」

さすがに平民に落として屋敷から放り出すのは良くないと思った。地味な容姿とはいえ、令嬢なのは間違いない。さらわれて売られでもしたらどうなるのかはマーガレットよりわかっている。それに気がついたのか、ディオがいい方法があるという。

「さすがに平民にして追い出すのは外聞が悪いよ。平民にした後で知り合いの商人に嫁がせよう。かなり年上で後妻だけど、わがままなアリアンヌにはちょうどいいんじゃないかな」

「それならいいわ。ラザールのことを悪く言われるのは困るもの。ね、これでラザールはその隣国の王女様と結婚できるんじゃない？」

「王女と結婚？」

「そうよ！　そうすればラザールは王族のままでいられるわ」

「そうか……あいつさえいなくなれば、そういうこともできるのか！」

俺とマーガレットで盛り上がっていると、ディオがニヤリと笑った。

「心配しなくても大丈夫だ、婚約解消は簡単にできるぞ」

「本当か？」

「ラザールの婚約誓約書はうちが預かっているんだ。あれさえあれば問題ない。すぐに解消できる」

婚約したのは俺が八歳の時だった。だから、母上が全部やったせいで書類がどうなっているのかもわからなかった。それがファロ家にあると聞いて、本当に婚約解消できる気がしてきた。

「よし、じゃあすぐにでも実行しよう！　あいつに気がつかれて騒がれないように」

「ええ、すぐに実行したほうがいいわ。最近はお姉様の周りに侯爵令嬢がいるから、気がつかれないように」

「よし、A教室から引き離すのは僕に任せてくれ。今度、嫌がらせでしようと思っていたことがあるんだ」

そう言ったディオが、すぐにファロ伯爵の執務室から婚約誓約書を持ち出してくる。これさえあれば、学校にある小さな精霊教会でも解消することができる。問題はそこにアリアンヌを一人で連れて来なくてはいけないことだ。計画を練って、二日後に実行することにした。これで俺は自由になれる。

まだ見ぬ隣国の王女が俺の妻になるのかと想像したらうれしくて、平民になるアリアンヌことなんてちっとも考えもしなかった。

9 最後の挨拶

その日はよく晴れていた。いつものように学園に着いて、校舎へと向かう。

少し離れたところをアニータ様が歩いているのが見えた。足を速めてアニータ様に追いつこうかと考えていたところ、頭上から大量の水が降ってきた。避けることもできず、ざばぁぁと水を頭からかぶることになり、着ていた服はずぶぬれになった。

入学する時に用意された赤いワンピースだが、二着しか用意されていなかったため、近頃は布がすり切れかけ、洗いすぎて色が落ちている。朱色に近い色になったワンピースが濡《ぬ》れたせいで色が変わっているのが見えた。

いったいに何が起きたのかと呆然となる。誰かが上から水をかけるには、校舎から離れすぎている。空には雲一つない。この水はどこから？

「あれって、誰かのいたずら？」

「上には何もなかったわよ」

「じゃあ、精霊のいたずら？」

「あぁ、そうかも。あの人、精霊に嫌われているんでしょ」

「やだ。精霊に水をかけられるくらい嫌われているって、何したのよ」

周りの学生がくすくすと笑いながら話している声が聞こえる。声をひそめる気もないのか、全部聞こえるが、反論することもできない。

「ちょっと、何しているの！　大丈夫⁉」

「アニータ様」

「こういう時は医務室に行くわよ！」

「え？」

騒ぎになったせいで前を歩いていたアニータ様が気がついて戻って来てくれたらしい。手をひかれて医務室に行くと、女性の補助員が出迎えてくれた。この時間はまだ医師は来ていない。

「水をかけられたのですか！　すぐに着替えましょう」

「お願いするわ」

「ええ、もう授業が始まりますので、あとはお任せください」

「わかったわ。アリアンヌ様、先生に遅れる理由は伝えておくわね」

「ありがとうございます」

アニータ様に助けてもらわなければ、どうしていいかわからなかった。補助員はこういうことに慣れているようで、奥へと連れて行かれる。

「医務室には浴室がついているんです。けが人の血などを流さなくてはいけないこともありますので。身体が冷えてしまったでしょう。ゆっくり湯船につかって身体を温めてきてください」

「ええ」

「脱いだ服はすぐに洗って乾かしますから、この籠に入れてください」

「わかったわ」

大量の水をかぶったから、ワンピースだけではなく、下着までずぶぬれになってしまっている。それを全部脱いで、浴室へと入る。私が湯船に浸《つ》かっていると、籠を回収に来たのがわかった。

お湯に浸かるなんて何年ぶりだろう。冷え切った身体が温まるまで待っていると、外から声がかかる。

「乾かした服はここに置いておきます」

「ありがとう」

補助員は精霊術を使えるらしい。そうでなくてはこの短時間に服を洗って乾かすなんて無理だ。

あの水は、私以外なら避けられたのだろうか。それとも、濡れたとしてもすぐに精霊術で乾かすことができたのかもしれない。だから、周りの人たちは笑いながら見ているだけだった。

あとできちんとアニータ様にお礼を言わなくては。しっかり身体が温まった後、乾いた服に着替える。

補助員にお礼を言って授業へ向かおうとしたら、医務室の前の廊下にはファロ伯爵家のディオ様が待っていた。

「ラザールが待っている。ついてこい」

「え？　今からですか？」

「もうすでに授業には遅れているだろう。いいから黙ってついてこい」

「わかりました」

ディオ様も授業に出ずに何をしているのかと思うが、よけいなことを聞いても怒らせるだけだ。黙ってついていくと、どうやら学園の敷地内にある精霊教会に向かっている。

精霊教会があるのは知っていたが、教会の者に嫌がられるのではないかと思い、行ったことはない。行ったとしても、精霊に嫌われている私では精霊が見えないのだから。

ディオ様が精霊教会の入り口を開けて、一緒に中に入る。この精霊教会は泉が精霊の住処なようで、奥に小さな泉があるのが見える。その泉の近くにはラザール様とマーガレット。

教会の者はいないのか、誰もいなかった。人払いしてまで、精霊教会で何をする気なのか。もしかして、本当に私が下級以下なのか調べるつもりなのかな。

「やっと来たか。遅いぞ」

「申し訳ございません」

前もって約束していたわけではないが、とりあえず謝っておく。ラザール様は機嫌がいいようで、それ以上の文句は続かなかった。

「まぁ、いい。呼び出したのは、これをするためだ」

ラザール様が何かを懐から取り出した。紙束？

「これは俺とお前の婚約誓約書だ。ここに署名をして、精霊に祈れば婚約解消となる」

「え」

「俺はもうこれ以上、お前にはつきあいきれない。母上が勝手に結んだ婚約にはうんざりだ」

それには同意しかないが、婚約解消されてしまったら……。

「婚約解消になれば、お姉様は傷物だわ。伯爵家にいられると困るの。お父様からお姉様を伯爵家の戸籍から外す書類も預かってきているから、それにもちゃあんと署名してね？」

にっこり笑ったマーガレットに、血の気が引いていく。どうしよう。婚約解消はうれしいけれど、家から追い出されるのは困る。まだ何も準備ができていないのに、どうすればいい。

「やだぁ。そんなに嫌そうにしなくてもいいのに。私たちだってそこまでひどいことはしないわ。お姉様は平民になった後、商家に嫁いでもらうことになっているから」

「……嫁ぐ？」

私が誰かに嫁ぐ？　そのことを理解して、血の気がひいていく。ラザール様と婚約していたのだから、もしかしたらラザール様とこのまま結婚することになるのかもしれないと覚悟していた。だけど、平民となって商家に嫁ぐ覚悟はできていない。

「ふふ。わがままなお姉様をしっかり躾《しつけ》してくれる年上の旦那様だそうよ。ね、ディオ？」

「ああ。先妻を亡くして、しばらく独り身の商人だ。しっかりしているから、金はあっても今までどおり散財することはできないだろうけどね」

「かなり、年上の旦那様だって。よかったわね、お姉様」

何がそんなにうれしいのか、ご機嫌なマーガレットにむりやり羽根ペンを持たされる。

「ほら、早く署名しろ」

ラザール様にせかされ、二枚の書類に署名をする。もうどうしようもできない。誰も助けてくれないのなら、もうあきらめるしかない。

私の署名を確認したディオ様は精霊の泉へとかかげた。

「精霊たちよ。この誓約書を認めてくれ」

この国の貴族の婚約、戸籍の書類は精霊の許可がなければ受理されない。精霊に許可された時点で効力は発揮する。

二つ、三つと、泉から光がふわふわと浮いてくる。それが書類へとまとわりつき、一瞬だけ光が強くなる。

精霊だ……久しぶりに見た。もう二度と見ることはないかと思っていた。こんな時だというのに、精霊の光に泣きそうになる。

「よし、これで婚約は解消できたな」

「ふふ。お姉様はこれで平民ね！　あ、もうお姉様じゃないわ」

「そうだよ、こいつは平民のアリアンヌだ。もう行っていいぞ。俺は優しいからな、王家の馬車で嫁ぎ先まで送ってやる。逃げられると思うなよ」

「……わかりました」

最後に挨拶でもしようかと思って、やめた。何もお世話になっていないし、別れを惜しむこともない。

もう学園にも来ることはないと思うと、A教室の皆にはお別れが言いたかった。けれど、このことがわかれば、助けようとしてくれるかもしれない。優しい三人を巻き込んでしまうのは嫌だった。

一人、精霊教会から出て、馬車へと向かう。こんな時間に待機してくれているのか心配したけれど、いつもの馬車の前でラルフが待っていてくれた。

「アリアンヌ様、事情は聞きました」

「ええ、最後までつきあわせてしまうことになってごめんなさい」

「アリアンヌ様、私はアリアンヌ様を送るようにと第二王子から指示を受けました。ですが、私を雇っているのは第二王子でも第二妃でもありません」

「え？」

　第二王子の婚約者なのだから、手配はカリーヌ様だと思っていた。驚いていると、ラルフは私の目をのぞきこんでくる。まるで戦士のような静かな目に、背筋を伸ばさなくてはいけないような気になる。

「アリアンヌ様の命令に従います。違う場所に行きたいのではないですか？」

「違う場所？」

「そうです。このまま何も言わずに嫁いでしまったら、怒る方がいらっしゃるのではないですか？」

　私がこのまま商家に嫁いだとしたら、アラベル様は怒るだろうか。カリーヌ様はどうでもいいと言いそう。

　そして……。

「アリアンヌ様には大事な方、会いたい方がいるのでしょう？　その場所を言ってください。私はそれに従います」

「行って、いいのかしら」

「いいのですよ、アリアンヌ様が行きたい場所に行っても」

「……最後のお別れをしに、デュノア公爵家へ行くわ。連れて行ってくれる？」

「かしこまりました。さぁ、お手をどうぞ」

優しく笑うラルフの手を借りて馬車へと乗る。こんなわがまま、許してもらえるのだろうか。不安になった私を見透かすように、ラルフはもう一度にっこり笑った。

学園を出た馬車はいつもとは違う道を通る。もう覚えていないかもと思っていたけれど、窓から見える景色が懐かしく感じる。そうだ。あの赤い屋根の屋敷を過ぎたら、もうすぐ。

この国の筆頭公爵家、デュノア公爵家の屋敷に着く。敷地内に入る前に門番に止められるはずなのに、なぜかそのまま中に通される。もしかして、王家の馬車を使っているから誤解させてしまったのかもしれない。あとで門番が叱られるかもと不安になりながら馬車が止まるのを待つ。少しして、ラルフがドアを開けてくれた。

馬車置き場から見える景色は何も変わらない。歩き出さなくてはいけないのに、足が震えて動けない。

最後の挨拶に来たけれど、追い返されたらどうしよう。もう私のことなんて忘れたって言われたら。

立ち止まってうつむいていたら、遠くから私の名を呼ぶ声がした。

「アリアンヌ！」

「……リオ兄様？」

顔をあげたら、屋敷の方から人が走ってくるのが見えた。記憶にある声よりも低く、胸をぎゅっと締めつける。

目の前まで来たリオ兄様は、少しだけ背をかがめて私の顔を覗き込んできた。肩まであった白銀の髪は短く、青い目にかかるくらいでさらさらと流れる。私の身長も伸びているはずなのに、身長差は変わらなかった。

「あぁ、アリアンヌ。こんなにやつれて」

「リオ兄様……私、婚約を解消されて、伯爵家から籍を抜かれました」

「解放されたのか！」

「いいえ、商家の後妻として嫁がされるそうです。このまま馬車で嫁ぎ先まで送ると……最後にリオ兄様にお会いできてよかった」

「嫁ぐ？　商人に？」

もう貴族でもない私が公爵家の屋敷を訪ねても、会わせてもらえないかと思っていた。この屋敷で暮らしていたのは八年も前だから、忘れられているかもしれないって。

ううん、違う。リオ兄様に会いたくないと言われたらどうしようと不安に思っていた。でも、こうして顔を見てお別れの挨拶ができた。これでもう心残りはない。たとえ、リオ兄様じゃない人に嫁ぐことになったとしても、それが貴族に生まれた者の義務だ。お父様がそう決めたのなら、あきらめるしかない。それがどんなに苦しくても。

「では、もう行きますね」

「だめだ」

「え？」

「アリアをそんなところに嫁がせるわけないだろう。伯爵家を追い出されたというのなら、ここにいればいい」

「ここに？」

「帰っておいで。大丈夫だ、アリアは俺が守るから」

「でも、もう決まってるって」

「俺がなんとかする。だから、もう安心していい」

「きゃっ」

昔みたいに軽々と抱き上げられ、そのまま屋敷の玄関へと向かう。

リオ兄様に挨拶できればそれでよかった。あとはおとなしく嫁ぎ先に送られるつもりだったから、こんなことは予想外だ。

抱き上げられたまま門のほうを見ると、ここに連れて来てくれたラルフと門番が笑顔で礼をしている。それがうれしくて、ちょっとだけ手を振った。

屋敷の中は何一つ変わっていなかった。あの時、伯爵家に連れていかれた日と同じ。時を止めたまま私の帰りを待ってくれていたようだ。

「アリア、おかえり。もう誰にも傷つけさせないよ」

「リオ兄様、ただいま……」

目の前がぼやけて見えると思ったら、頬を優しくぬぐわれて泣いていたことに気がついた。あぁ、まだこんな風に泣けるなんて思わなかった。もう一生分泣いてしまったのだと思っていたから。

家族用の談話室へ入ると、リオ兄様は私をソファへとそっと座らせてくれる。そのままひざまずくようにして、私に視線を合わせると両手をきゅっと握られた。

「落ち着いたら父上と母上のところに行こう」

「……はい」

リオ兄様は受け入れてくれたけれど、伯父様と伯母様はどうだろう。デュノア公爵家として、私の存在は邪魔になってしまうのではないだろうか。また不安になっていると、リオ兄様は大丈夫だと優しく微笑む。リオ兄様がそう言うなら信じたいけれど。

その時、談話室のドアが大きく開かれた。飛び込んでくるように入ってきたのは、伯父様と伯母様だった。

「アリア！」

「あぁ、本当にアリアだわ！」

驚いて立ち上がった私を伯父様と伯母様が両側から抱きしめてくれる。伯父様は声を震わせ、伯母様の頬に涙が伝って落ちる。

「こんなに痩せて……どれだけ苦労したんだ」

「助けてあげられなくてごめんなさい。やっと解放されたのね！」

「あぁ、長かった……まさか八年も手放さないとは」

「アリア、一人で戦わせてしまうなんて。よくここまで頑張ったわ」

「伯父様、伯母様？」

両側から同時に声をかけられ、どちらに返事をしていいかわからない。戸惑っていると、リオ兄様が説明をしてくれた。

「あの時、アリアが連れさられてしまってから、父上と母上もアリアを取り返そうとしていたんだ。だけど、直接うちが手を出したことがわかれば向こうは意固地になる。たいしたことはできなくて、でもあきらめていなかったんだ」

「伯父様と伯母様も私を待っていてくれたの？」

「もちろんだ！」

「あなたは私の娘だと思って育ててきたのよ！　ずっと待っていたに決まっているでしょう」

さっきまであんなにも泣いたのに、また目の前がぼやけていく。声が震えて、うまく出せない。

「帰ってきて、いいの？」

「いいに決まっているだろう」

「アリア、お帰りなさい。ここはずっと、あなたの家よ」

「うん……ただいま。ずっと……帰ってきたかった」

良かった。本当に帰ってきて良かったんだ。安心したら涙が止まらなくなって、泣き続けて。でも、伯父様も伯母様もリオ兄様も背中や頭をずっと撫でてくれて、泣きつかれて眠るまでそうしてくれていた。

「……ん」

目を開けようとしたら、開かなかった。どうしたのかと思っていたら、すぐ近くから声がする。

「起きた？　あぁ、目がはれてるのか。ちょっと待ってて」

今の声は？　起き上がろうとしたら、頭が重い。何があったんだっけ……。

「アリア？　無理しちゃダメだよ。とりあえず目を冷やそう」

「え？」

そっと抱き起こされ、懐かしい匂いに思い出した。

「リオ兄様？」

「そうだよ。あぁ、目が開かないから不安なのか。大丈夫。ずっと一緒にいるよ」

「ここは」

「アリアの部屋だよ」

誰か侍女が持ってきてくれたのか、目に冷たいものがあたる。熱をもっていたのか、ひんやりして気持ちいい。そういえば、泣きつかれてそのまま寝てしまったんだ。

「リオ兄様、今は朝？」

「まだ夕方にもなっていないよ。落ち着いたら夕食にしよう」

「私、あのまま寝てしまったのね。伯父様と伯母様は？」

「二人はアリアが寝てしまった後、急いで王宮に向かったよ」

「王宮？」

「アリアをデュノア公爵家の養女にするためだ」

私をデュノア公爵家の養女に？　伯爵家の籍を外された私を公爵家の養女になんてできるのだろうか。

「嫁ぎ先は、どうなるの？」

「それも心配しなくていい。嫁ぎ先は御者から聞いた。あとでデュノア公爵家から断りの連絡をいれておくよ。まずは身体を休めて。もう、目は大丈夫かな？」

「ええ。もう大丈夫だと思う」

目に当てていた布を取ると、目が開けられるようになっていた。まだ少し腫れているかもしれないけれど、熱は引いた気がする。

本当に私の部屋だ。八年前まで住んでいた部屋をそのまま残してくれていたらしい。

ううん、少しずつ変わっている。子ども部屋だったはずなのに、まるで今の私のために作られた部屋のよう。大人向けの家具やカーテンに変えられていた。

「私の部屋を使えるようにしてくれていたの？」

「もちろん。必ずアリアを連れ戻すつもりだったから。いつ戻って来ても使えるようにしていたんだ」

「ありがとう、リオ兄様」

本当に私を待っていてくれたんだと思うとまた泣きそうになる。涙が枯れるなんて嘘だった。またあの頃のように泣き虫に戻ってしまっている。

「よし、じゃあ食事にしよう」

「え？」

そのまま抱き上げられ、部屋の外へと連れ出される。食事室に入ると、私とリオ兄様の分だけ食事が用意される。

「伯父様たちは戻ってこないの？」

「すぐには無理かな。他の公爵家も呼んで話し合いをしていると思う」

「そうよね。簡単には公爵家の養女になんてできないもの」

三大公爵家の当主と次期当主は王位継承権を持つ王族でもある。しかも、このデュノア公爵家はその中でも特別な家だ。その養女ともなれば、簡単に認めていいものではない。

「手続きが面倒なだけで、問題はないよ。明日の午後には終わっていると思う」

「本当に？」

「嘘はつかない。アリアはとりあえず体調が戻るまでは休ませるから。学園はもうすぐ学期末だし、通うのは新しい学年になってからかな」

「また学園に通ってもいいの？」

「卒業してないと貴族として認められないし。せっかくの次席なんだ。勉強は嫌いじゃないだろう？」

「知ってたの？」

私の成績まで知っていたなんて。この八年、リオ兄様とはまったく会えなかった。数回、遠くから見ていただけ。なのに、兄様は私のことをよくわかっているようだ。

「ごめん。アリアからしたら、ずっと一人で頑張っていたと思う。だけど、忘れたことなんて一度もないから。会えなかった時のことは後でゆっくり説明するから。今は食事をしよう？」

「わかったわ」

目の前に置かれたスープが冷めないうちにと言われ、素直に従う。美味しい……公爵家での食事が久しぶりだというだけじゃなく、リオ兄様と同じ食事ができるのがうれしい。伯爵家での食事が美味しくなかったわけじゃない。だけど、離れでひとり食べるのは味気なかった。

「美味しい」

「よかった。好きなだけおかわりしていいから」

「そんなにいっぱいは食べられないわ」

「そうだな。デザートもあるから、好きなものを食べるといい」

「うん。ありがとう」

食事が終わると、またリオ兄様が私を抱き上げて私室まで連れて行ってくれる。どうしても歩かせたくないのか、すぐに抱き上げられてしまう。

「もう子どもじゃないから、一人で歩けるのよ？」

「わかっているよ。これは俺のわがまま。やっとアリアが帰って来たんだ。少しでも実感したいんだよ。さすがにこの後の湯あみは一緒にはいられないからね」

「湯あみは、一緒には無理ね」

記憶にないくらい小さい頃には一緒に湯あみをしたこともあると思うけど、さすがにこの年になって一緒にというのは無理だ。私だってリオ兄様と離れたくない気持ちはあるけれど。

私室に戻ると侍女が三人待機していた。その顔を見て、思わず声をあげた。

「ルナ！　サリー！　ハンナ！」

「「「アリアンヌ様！　おかえりなさいませ！」」」

そこにいたのはずっと私についてくれていた侍女たちだった。もう嫁いで辞めてしまっていてもおかしくない年齢なのに。

「どうして？　嫁いだんじゃないの？」

「もちろん、三人ともとっくに嫁いだ後だよ。彼女たちはアリアが戻ってきたら専属侍女として働きたいと言っていたんだ。やっとアリアが帰って来たからね。連絡したらすぐに来たんだよ」

「私のために戻って来てくれたの？」

侍女が嫁いだ後も戻ってくるというのは、めずらしいがないわけではない。乳母としての役割があったり、忠誠心が認められた場合は生涯仕えてもらうことになる。居候に過ぎなかった私のために戻って来てくれるなんて思うわけがない。驚いていたら、三人は当たり前ですと言って笑った。

「さぁ、アリアンヌ様。しっかりと磨き上げましょうね！」

「ええ、髪や肌のお手入れをしませんと！」

「リオネル様、終わりましたらお呼びいたしますので！」

「わかったけど、今日は時間がない。しっかり磨くのは後にしてくれ。じゃあ、アリア。また後で」

三人の熱意に押され、私は浴室へと連れて行かれる。リオ兄様は笑いながら部屋から出て行った。

また後でって、いつだろうと思いながら、三人に磨き上げられる。八年も水で身体を拭くだけだったために、洗いがいがあったらしい。

「本当ならこの後、香油で磨き上げたいのですが、今日は時間がないそうなので」

「ええ、残念ですが、仕方ありませんわね」

「これから何かあるの？」

「説明はリオネル様からお聞きくださいませ」

何があるのだろうと思いながら、用意された夜着を着せてもらう。するりと腕を通すと柔らかく肌に馴染《なじ》む。上質な服を着るのも久しぶりだ。首元まで包むような夜着は温かく、身体がぽかぽかする。

私室のソファに座ると、すぐにドアがノックされる。入ってきたのは、夜着姿のリオ兄様だった。

「リオ兄様？　こんな時間にどうしたの？」

「寝る時間には早いけど、迎えに来たんだよ」

「迎えに？」

「そう。一緒に寝るから」

「え？」

驚いている間に抱き上げられ、廊下へと連れ出される。どこに行くのかと思えば、隣の部屋へと入っていく。隣の部屋はリオ兄様の部屋だったはず？

一緒に寝るって本気だったのかと慌て始めたら、兄様の部屋には家令のジャンが待っていた。

「アリアンヌ様、お帰りなさいませ」

「ジャン！」

「ゆっくりお話ししたいところですが、今は」

久しぶりにジャンに会えて喜んでいたが、ジャンとリオ兄様が緊張感のある表情で口をはさめない。

「報告は予想通りか？」

「はい。お急ぎください」

「わかった」

ルナたちも言っていたけれど、どうして時間がないのだろうと思っていると、ジャンは兄様の部屋の奥にある本棚の一番左端の本を抜いた。ゴゴゴと低い音がして、本棚が右に動いていく。そこにはもう一つの扉があった。

「あとは頼んだ」

「かしこまりました」

ジャンが開けてくれた扉の中へと入っていく。扉が閉められた後、向こう側からはまたゴゴゴと音がした。

「そんな不安そうな顔しなくていい。ここは隠し部屋だ」

「隠し部屋？」

「ああ。当主と嫡子にだけ教えられる部屋。屋敷が襲撃された時などに使うんだ。今日はここで寝るよ」

「ここで？」

灯りのついた部屋を見ると、客室のような感じだ。必要な物はそろっているけれど、生活感はない。今まで使ったことはないのかもしれない。

それでも大きな寝台には新しいシーツがかけられ、すぐにでも使えるようになっている。兄様は私を寝台にそっと寝かせると、どこかに行こうとする。

「リオ兄様、どこに行くの？」

「いや、さすがに一緒に寝るのはよくないかと思って、隣の部屋にいようかと」

「ここに一人でいるのは嫌」

「一緒に寝るって言ったのはリオ兄様なのに」

「だけどな」

「アリア……」

何が起きているのかはわからないけれど、良《い》いことじゃないのはわかる。さっき会ったジャンもそうだけど、屋敷内が緊張している。まだここに帰ってきたばかりなのに、怖くてたまらない。一人にしないでほしくて、リオ兄様の服につかまる。

「嫌なの……こうしてリオ兄様のところに、デュノア公爵家に帰って来られたのに、寝て起きたらまた離れだったらどうしようって……不安が消えなくて」

「……そうだな。やっと戻ってきたのに、また一人にさせるところだった」

「ここにいてくれる？」

「いるよ。ごめん、不安にさせた」

「ううん、リオ兄様は悪くないわ」

もう大きくなったのだから、一緒に寝てはいけないってわかってる。わがままを言ったのは私だから、悪いのは私。ずっとわがままを言う相手もなく、一人でいたのに、久しぶりに会った兄様や伯父様と伯母様に甘えて、タガが外れてしまったんだと思う。今はどうしても一人で頑張れる気がしない。

「大丈夫だ。アリアは悪くないよ」

「ん」

するりと隣にもぐりこんできた兄様は私を抱きしめてくれる。優しく髪をなでられると、幼い頃にこうして寝かしつけてくれたのを思い出す。そのまま兄様の胸に額をつけて甘えていると、もう何も悩まなくてもいいんだという気持ちになる。ここは温かくて優しい場所。ここなら私は傷つけられない。そんな風に思う。

気がついたら寝てしまっていたようだ。遠くから誰かが叫んでいる声がする。

「アリア、起きてしまったのか。そのまま静かにしていて」

兄様が小声でささやくのに、黙ってうなずく。何かが起きている。私たちがこの部屋にいるのは誰かから隠れているのかもしれない。

どうやら声の主は兄様の部屋まで来たらしい。さすがに隣の部屋だからか、声がはっきりと聞こえた。

「ここにもいないのか！　アリアンヌをどこに隠した！」

「ですから、アリアンヌ様はいらっしゃらないと」

「嘘だ！　他に行くところなんてないだろう！　リオネルはどこに行ったんだ！」

「リオネル様は王宮に。旦那様たちもそうです」

「本当にいないというのか」

あの声はお父様？　私を探しにここに？　もし見つかったら……また無理やり連れ帰られてしまう？　八年前を思い出して、身体の震えが止まらなくなる。それに気がついたのか、兄様の腕の力が強くなった。ぎゅうっと抱きしめられ、少しずつ震えがおさまっていく。

隣の部屋にいたお父様とジャンの声が遠くなっていく。あきらめて帰ったのだろうか？

「大丈夫だ。この部屋のことは叔父上は知らない」

「どうしてここにお父様が」

「アリアが嫁ぎ先に行っていないことがわかったんだろう。それで慌てて探しに来たんだと思う」

「だから時間がないって」

「夜になれば、気がついて探しに来ると思っていたからね」

私が嫁ぐ予定だった商家が騒いでいるのだろうか。だから、お父様は仕方なく私を探しに来た？

「叔父上は、アリアのことを大事にする気がない。だから、平民にして商家に嫁がせようとしたんだろう。叔父上にとって、アリアがここに帰ってくるのは一番許せないことなんだ」

「どうして」

「きっと、アリアが、俺たちが、公爵家が憎いからだ」

「公爵家が憎い？」

ここデュノア公爵家はお父様の生家だ。結婚してお母様のバルテレス伯爵家に婿入りするまでは住んでいたはず。なのに、憎い？

「公爵家に生まれたが、家を継ぐことのない二男だったし、自分だけ中級だったことも納得がいかなかったらしい」

「それはどうしようもないことなんじゃ」

「そうだ。生まれる場所や身分は自分で選べるものじゃない。どうやら、そのことで父上や母上と言い合いになったらしい。その時に上級や特級には気持ちがわかるわけはないと言い返されたと」

「まぁ……」

ずっと下級以下だとまわりから蔑まれたから、気持ちはわからないでもない。だけど、それを人に八つ当たりするのは違うと思う。

　お父様が中級なのは知らなかったけれど、中級はすごいことなのでは？　公爵家の二男、中級、伯爵家の当主。それはほとんどの貴族から見たらうらやましいと思われるはずだ。だけど、お父様はそれでは納得しなかった。お父様とマーガレットの性格を考えたら、納得しないないと思えた。

「だから、自分の娘なのにアリアが白金の髪をもって生まれ、特級だとわかったから受け入れられなかったのだろうって、父上は思ったらしい」

「私が嫌われていたのは、特級だと思われたから？」

　だから、下級以下だとわかった時、何も言われなかったの？　あの時、お父様からは怒りを感じなかった。もしかしたら喜んでいたのかもしれない。

「今、アリアは戸籍がない状態だ。公爵家の養女だと認められたら、叔父上や商家を突っぱねることもできるが、今の状況だと実の父親だと言われたら断れない。何らかの手違いで戸籍から外されたようだから保護しに来たと言われたら、俺たちはまたアリアを伯爵家に戻さなくてはいけなくなる」

「そんな！」

「だから、こうして隠れたんだ。俺たちは叔父上には会ってない、だから知らない。その間に公爵家の籍に入れてしまえばいい。叔父上は王家には報告しないはずだ。だから、王宮にいる父上たちのところへは行かないと思う。明日の午後には手続きが終わる。それまでの我慢だよ」

「わかった。おとなしく隠れているわ」

「わかったら、もう一度眠ろう？　ゆっくり休んで、体調を戻さないとね」

「うん」

事情がわかったからか、今度は最初から安心して眠ることができた。リオ兄様の腕の中にいることもあるけれど、きっとお父様はもうここには来ない。そう思ったら疲れを感じて、すぐに眠りに落ちた。


目が覚めたら、まだリオ兄様の腕の中にいた。ぐっすり眠っているリオ兄様を見上げていると、ちゃんと公爵家に帰ってこられたんだと実感する。

リオ兄様と再会してから、まだ一日も過ぎていない。それなのに昨日の朝、学園に登校した時とはまるで状況が変わってしまった。

あ。アニータ様に何も言えてない。医務室に行ったまま、急に早退して心配されたかもしれない。ジョセフ様とアリーチェ様も。今までお世話になっていたのに、何も言えないまま出て来てしまった。

リオ兄様が起きたらお願いしようか。ジョセフ様のイノーラ侯爵家はデュノア公爵家の分家だから、連絡しようと思えばすぐにできるはず。

「何をそんなに悩んでいるんだ？」

「リオ兄様」

「俺の腕の中にいるのに、まだ不安か？」

「ううん。違うの。ここにいればすごく安心する。リオ兄様の腕の中にずっといたいくらいよ」

「じゃあ、何が」

よほど私が悩んでいるような顔をしていたのか、両頬をおさえられて目をのぞきこまれる。リオ兄様の青い目が深く沈んでいるようで、慌てて事情を話す。

「あのね、昨日は授業中にラザール様に呼び出されたから、同じA教室の人たちにお別れしないで出て来てしまったの。きっとアニータ様たち心配していると思って」

「アニータ嬢？　ああ、レノリア家の令嬢か」

「あと、イノーラ家のジョセフ様とジュスティ家のアリーチェ様も」

「わかった。その三人には連絡しておこう。落ち着いたら手紙を書くといい」

「ありがとう！」

よかった。とりあえず無事であることだけでも伝えられたら。公爵家の養女になることは、王家からの発表がなければ伝えられないだろうし。発表されたら手紙でお礼と謝罪を伝えよう。

「さて、今日は父上たちが帰ってくるまでは、この部屋に隠れていることになる」

「お父様、また来るかもしれない？」

「来ないとは思うけど、確実じゃないからね。ちゃんとアリアがうちの養女になるまでは見つかるわけにはいかない。大丈夫、午後には出られるよ」

「わかったわ」

「もうすぐ食事が届けられるはずだ。この部屋を知っているのはジャンだけだから、侍女は呼んであげられないけれど、朝の準備を手伝おうか？」

「大丈夫よ。今まで一人で全部してきたんだもの」

「そっか……」

よけいなことを言ってしまったかもしれない。安心させたかったのに、リオ兄様はさみしそうに笑う。

寝台から起きようとしたら、リオ兄様が抱き起こしてくれる。隠し部屋の奥には浴室までついていた。お湯を出して顔を洗い、用意された服に着替えて、また部屋に戻る。

用意されていたのは若草色のワンピースだった。この服も私の身体にぴったりの大きさで着心地がいい。いつ私が帰ってきてもいいように用意していたって聞いたけれど、八年もの間、ずっと服も買い換えてくれていたのかな。

戻ったらリオ兄様も着替えが終わって、もう食事が届いていた。

「ジャンが来ていたの？」

「ああ。父上も俺もいない分、ジャンが動いてくれているからね。忙しそうだけど、アリアの心配をしていたよ」

「そうなんだ」

「これさえ終われば、あとはいくらでも時間がある。そうしたらゆっくり話せばいい」

「うん」

それほど広くない隠し部屋でリオ兄様と食べる朝食。まだ温かいスープが美味しくて、つい頬がゆるむ。

「午後までは何もすることがないけれど、少しの我慢だから」

「え？　どうして我慢？　リオ兄様と一緒にいられるならうれしい」

「……可愛すぎる」

「え？」

「いや、何でもない。じゃあ、食べ終えたらのんびりしようか」

なんとなくリオ兄様が笑った気がして、首をかしげる。何か重要なことを話しているわけじゃないのに、この時間がどれだけ貴重なのかと思う。目の前にリオ兄様がいる。一緒に食事をして、笑って。怖いことがあっても、すぐに抱き着ける距離にいる。

だけど、もう奪われることなんてないんだって思っても、どうしても不安は消えない。また離されてしまうんじゃないかって。こんなに喜んだのに、また一人にされたとしたら耐えられない。

「どうかしたか？」

「なんでもないわ」

なんでもないって言ったのに、リオ兄様は信じなかった。まだ食事の途中なのに、抱き上げられ、スプーンを取り上げられる。

「ん？」

「ほら、口を開けて」

「自分で食べられるわ！」

「こうしていたら、一人じゃないって実感するだろう」

「リオ兄様……」

「ほら」

口を半分開けたら、そこにスプーンが差し込まれる。誰かに食べさせてもらうなんて、いつ以来なのか思い出せないくらい。

「これじゃあ、リオ兄様は食べられないわ」

「終わったら、アリアに食べさせてもらおうかな」

「もう」

私を膝から下ろす気がないんだってわかって、このまま食事を続けることにした。私がまだ安心しきれていないことに気がついたんだってわかるから。リオ兄様の優しさにもう少し甘えていたい。

もうすぐ昼になる頃に、扉の向こうからゴゴゴと音がする。誰かが隠し部屋に来ようとしている？　扉が開いて入ってきたのは伯父様と伯母様だった。

「ただいま！　アリア！」

「アリア！　大丈夫？　昨日、ジョスランが屋敷に来たんでしょう？」

「伯父様、伯母様、おかえりなさい。お父様は隣の部屋まで来たけど、あきらめて帰ったみたい」

「そうか。リオネルにこの部屋を教えておいて正解だったな」

「父上、書類は認められたんですか？」

「ああ、問題ない。アリア。もうアリアは私たちの娘だ」

戸籍の写しなのか、書類を見せながら伯父様が笑う。

「アリア。お義母様《かあさま》って呼んでくれる？」

「そうだな。今日からは私が父親だ」

「呼んでもいいの？　……お義父様《とうさま》、お義母様」

「あぁ、やっとだわ。やっとあなたを娘だと抱きしめられる」

感極まったようなお義母様に抱きしめられ、おずおずと抱きしめ返す。ずっとお義母様を本当のお母様のように思っていた。私を育ててくれたのはお義母様だから。今日からはお義母様って呼んでも許されるんだ。

「アリアはこれからずっとここにいていいんだ。私の娘だからね。誰にも邪魔はさせないよ。もう全部、問題は片付いたんだ。安心して」

「お義父様、ありがとう」

「うんうん」

お義母様に抱きしめられたまま、お義父様に優しく頭をなでられる。なかなか隠し部屋から出てこないことを心配したジャンが呼びに来るまで、ずっとそのままで話していた。

それから一週間。何をするわけでもなく、デュノア公爵家の屋敷の中で過ごしている。

王家からの発表は明日になると聞いた。すべての手続きが終わってから、貴族家に通達される。

通達を読んだら、きっとお父様は私を奪い返そうとするだろう。それでも陛下が養女だと認めてくれた以上、私が伯爵家に戻る必要はない。もしお父様がこの屋敷に来ても、入れることはないとお義父様は約束してくれた。

あの日、お父様が屋敷の中を探せたのは、わざと屋敷に入れたからだという。自分の目で探してみて、いないとわかればすぐに帰るだろうからと。公爵家に連れ去られたと騎士団に訴えられないためにしたらしい。

本当なら、もうすでにデュノア公爵家はバルテレス伯爵家と縁を切っている。ここがお父様の生家だとしても、お義父様の許可なく入ることは許されない。その話を聞いて、いつお父様が怒鳴り込んでくるか、怯えなくてもいいと安心できた。

今日もゆっくりと起きて、リオ兄様と食事をする。お義父様とお義母様は仕事があるから、朝は一緒には食べられない。私も二人に合わせて早起きしようと思ったけれど、それは止められてしまった。私の仕事はまず弱ってしまった心と身体をもとに戻すことだからと。

「リオ兄様、もう一人で歩けるわ」

「そうか？」

「もう。下ろす気なんてないでしょう」

リオ兄様は私のそばにいるのが仕事だと言って、ずっと離れないでいてくれる。さすがに湯あみだけは離れているけれど、終わればリオ兄様は迎えに来て、夜はリオ兄様の部屋で一緒に寝ている。

年頃なのに、一緒に寝ていて怒られないのかと心配したけれど、どうやらみんなで知らないふりをしてくれているらしい。知らなければ怒ることもできませんねぇとジヤンが笑っていた。

「そうだな。じゃあ、散歩に行こうか」

「散歩？」

「歩きたいんだろう？」

「うん」

歩きたいから下ろしてと言ったわけじゃないけれど、散歩には行きたい。リオ兄様は私を抱き上げたまま、屋敷の奥へと歩いていく。奥の通路から庭に出るとそのまま歩いていく。結局、私を下ろさないまま裏庭へとついた。

このまま進んだら精霊たちの住処へと近づいてしまう。精霊に嫌われてしまった私が行ったら、みんな逃げてしまうのでは。

「大丈夫、心配しなくていい」

「でも、精霊に嫌われたから」

「嫌ってないよ。みんなアリアを忘れていない」

泉の近くまで行くと、リオ兄様は私をそっと下ろしてくれた。どうしよう、怖い。精霊が嫌って私から逃げていくのをリオ兄様に見られたくない。

リオ兄様は不安になっている私をのぞきこむように膝をついた。そのまま私の両手を握るようにすると、リオ兄様は左手を上に重ねる。

「どうして」

「俺のは一度だって消えていないよ」

ずっとリオ兄様の左手を見ないようにしていた。私の左手を見たくないと、意識して避けていたのと同じように。精霊の祝福が消えてしまっているのを確認したくなかったから。

なのに、リオ兄様の左手の甲には、あの日と同じように紫の花が咲いていた。

「どうして、リオ兄様のは消えてないの？　私のは消えてしまったのに」

「すぐにわかるよ。ほら、みんな待っているよ」

「待ってる？」

すぐ近くから、そこかしこで気配がする。こちらを窺《うかが》っているのは精霊たち。精霊の住処いっぱいに光があふれる。

「みんな、私を待っていてくれた？」

声をかけたら、いっせいに光が飛んでくる。たくさんの小さな精霊に囲まれ、目の前が見えなくなるくらいだった。

「え。ええ、落ち着いて？」

「お前たち、アリアはもうどこにもいかない。焦らずに順番に会いに来い」

リオ兄様の声が聞こえたのか、精霊の勢いが弱まる。それでもたくさんの精霊たちが髪や手のまわりで飛んでいる。

アリア、おかえり。アリア、遊ぼう。そう言われているのを感じて、謝りたくなった。

「ごめんね。嫌われたなんて言って」

「精霊はアリアに近づけなくなっていたんだ」

「え？」

「バルテレス伯爵家にある離れは精霊に愛されている者を閉じ込める檻《おり》だ。土台に精霊が嫌う忌避石が使われていて、あの中にいれば精霊の力が使えなくなる」

「あの離れに精霊が近づけないのはわかっていたけれど、私が精霊を見えなくなったのもそのせいなのね」

嫌われたんじゃなかったと知って、うれしさと共に怒りも感じる。お父様たちはそこまで私を嫌っていたんだ。

「伯爵はアリアから精霊の力を奪おうとしていた。外に出かける時の服には精霊が嫌う香を焚《た》かれていた」

「香？　もしかして、焚火のような燃える臭いがそうだった？」

「その臭いは精霊教会の大木を燃やしたものだ。精霊は住処が燃える臭いを嫌がる。だから、近づかなくなる」

「そんな！」

精霊の住処を燃やすなんて、この国の貴族としてありえないことだ。伯爵家がしたことを知って、めまいがしそうだ。お父様は完全に私と精霊を引き離すつもりだったんだろう。だから、どの服を着ても同じ臭いがしていた。

それほど強い臭いではなかったけれど、嫌だなと思っていた。

「離れの影響が完全に抜けるまで待っていたんだ。ほら、アリアの色が戻ったよ」

「本当だわ」

精霊がひっぱって遊んでいる私の髪の色が変わっていた。あんなにくすんだ薄茶色だったのに、白金色に戻っている。

「あ……」

ぽわりと光が見えた。私の左手の甲に、青い花が浮かび上がる。リオ兄様への愛を精霊に誓った時の祝福が戻っていた。

「消えていなかったんだよ。見えなくなっていただけだ。アリアの気持ちは変わらなかったんだろう?」

「うん……変わってない」

うれしくて、泣きたくなって、声をつまらせる。

一度だって、リオ兄様を忘れることはできなかった。

ラザール様の婚約者になったのだから忘れなきゃいけないと思っても、精霊の祝福が消えたのはリオ兄様が私を忘れたからかもと不安になっても。

「俺もだよ。変わらずにアリアを愛している。そばにいたいのも、こうしてふれたいのも、アリアだけだ」

「私も！　リオ兄様じゃなきゃ嫌なの！　忘れることなんてできなかった」

「忘れなくていいんだ。もう一度言わせてくれ。アリアンヌ、俺の妻になってほしい。ずっとそばにいてほしいんだ」

「もちろんよ。リオ兄様、うれしい」

リオ兄様が私を抱きしめると、精霊たちは慌てたように離れていく。そっと頬にリオ兄様の手がふれたと思ったら、くちびるが重なる。こんな風にふれてもいいんだと、目を閉じた。ふれるだけの口づけが少しずつ長くなっていく。

うれし涙が止まるまで、リオ兄様の優しい口づけは終わらなかった。

10　少しずつ崩れていく関係

三人だけになった精霊教会に笑い声が響く。長年ずっと邪魔だったお姉様が、やっといなくなってくれた。爽快な気分でいると、ディオだけは笑っていないのに気づく。

「なぁ、婚約解消したこと、しばらくは黙っといた方がいいと思うぞ」

「なんでだ？」

「だって、お前から婚約解消したってバレたら、怒られるだろう」

「誰に？　母上だって好きにすればいいって」

「カリーヌ様じゃない。ジスラン様に怒られるだろう。陛下の許可なしで婚約解消したんだぞ。今まで王子妃教育を担当してたアラベル様だって怒るだろう」

叔母が第二妃だからか、ディオは王宮のことにも詳しい。王子なんだからラザールのほうが詳しいはずなのに、ラザールは王子教育をさぼってばかりだから全然わかっていない。

婚約解消したら、揉《も》めるだろうとはお父様も言っていた。だから、お父様は全部ラザール様のせいにするつもりらしい。婚約解消したいと思うほどアリアンヌが至らないとは思いませんでした、ラザール様から婚約解消を命じられたので応じました、って言えば伯爵家の私たちのせいにはできないから。

「兄上と叔母上に怒られるのか。まずいな」

「だから、しばらくは黙っとけよ。アリアンヌが嫁いでしまえば、もうどうしようもない。そうなればジスラン様も仕方ないって認めてくれるよ」

「わかった。落ち着くまでは黙ってる」

「そうしたほうがいい。嫁ぎ先にアリアンヌが着くのは五日間ほどかかるはずだ」

「けっこうかかるんだな」

「田舎の商家だからね。まぁ、そこまで行かなくても王都から出てしまえば追えないと思うよ。馬車が王都を出たら連絡が来るようになっているんだろう？」

「ああ。王家の馬車だからな」

「念のため、王都から出たという連絡はマーガレットのところに行くはず。ファロ家に来た場合、お祖父様から王家に連絡されるとめんどくさいからね」

お姉様を乗せた馬車が王都から出たという報告は、遅くとも夕方には来るだろうとディオが言った。だから、お父様には先に言っておいてねと。

お父様はこの時期に婚約解消することは渋っていた。王宮から支給されている第二王子の婚約者としての支度金が手に入らなくなるからと。それを、お姉様を商家に嫁がせて謝礼金をもらえばいいとディオがお父様を説得した。それなら損はしないだろうと、お父様もお姉様の婚約解消と戸籍から外すことを承諾していた。

「俺が婚約解消したことは、新しい学年になる頃には公表できるよな？　そうじゃないと隣国の王女が来ても口説けない」

「それまでには何とかなるよ」

少しだけ待てばいいとわかったからか、ラザールはまたご機嫌になった。

ディオはラザールと仲がいいようにふるまっているけれど、本当に仲がいいのか疑う時もある。なんとなく、ディオはラザールを馬鹿にしているような目で見ている時があるからだ。もしかしたら嫌いなんじゃないのかな。

ラザールが下級なのに、ディオは中級だというのもあるかもしれない。成績もディオのほうが上だし、剣術も強い。ただ、伯爵家の三男ということで身分の違いははっきりしている。それもあって、ラザールを見ていらつくのもわかる気がする。

二人とわかれ、まだ昼前なのに家に帰るとお父様が上機嫌で待っていた。お母様もうれしそうな顔で出迎えてくれる。

「どうだった！　うまくいったか⁉」

「マーガレットなら大丈夫よ。ねぇ？」

「問題ないわ。婚約解消して、戸籍からも抜いて、お姉様は王家の馬車で嫁ぎ先に送られたわ。御者にはディオが指示を出していたから、私は関係ないって言えるし」

「よくやった！　今日はお祝いしよう」

八年もの間、ずっと邪魔だったお姉様がいなくなった。もう二度と伯爵家には帰ってこないし、学園でも社交界でも会うことはない。お姉様には勝てないという嫌な思いもしなくて済む。

そう思っていたのに、夕方になるとお父様がイライラし始めた。

「どうしたの？　お父様」

「王都を出たという報告が来ない。いくらなんでも遅いだろう」

「どうしたのかしら」

夕食はお祝いになるはずだったのに、報告が来ないせいで盛り上がらない。

食事が終わる頃になっても来ないから、お父様はディオへ使いを出した。どうなっているのかと。それから少しして、ようやくファロ家から使いが戻ってきた。

「ディオ様からの伝言です。王家の馬車が行方不明になっていると。王都から出た様子はありません」

「なんだと！」

「こちらに向かう途中で事故があったという話も聞きませんし、途中で逃げてしまったということはないでしょうか？」

「わかった。探してみよう」

お姉様が乗った馬車が行方不明？　嫁ぎ先に向かっていないなんて、どうして。

「公爵家かもしれん」

「え？」

「どこかで計画が知られて、公爵家が匿《かくま》っているに違いない」

「そんな！」

「連れ戻しに行ってくる！」

怒鳴るように叫ぶと、お父様は出て行った。まさかお姉様が公爵家に？　そうなってしまったら、私たちはどうなるの？　夜になってお父様は戻って来た。見つからなかったのか、お姉様はいない。

「屋敷中探してきたが、いなかった。どこに行ったのかわからん」

「そんな！」

「王家に知られるわけにはいかない。もしかしたら、学園の敷地内に隠れているかもしれん。マーガレット、明日学園に行って探してくるんだ」

「わかったわ」

たしかに私はお姉様が馬車に乗るところまで確認しなかった。御者を言いくるめて乗らなかったのかもしれない。だとしても、学園内で隠れるところなんてあるだろうか。

疑問に思いながらも、次の日に学園内をディオと探してまわる。ラザールがうろついていると目立つから、二人で手分けして探した。一日かけて探したけれど見つからず、次の日は王都内で隠れられそうなところを見て回る。

三日目、こんなに探しても見つからないのだから、さらわれて売られたんじゃないかとディオが言い出した。それならそれで安心できるからいいんだけど。

もうお姉様のことなんて忘れかけていた頃、学園から帰ったらお父様が何かの手紙を見てわなわなと震えていた。

「お父様、どうしたの？」

「あいつら」

「お父様？」

「アリアンヌが、デュノア公爵家の養女になった」

「はぁ？」

お父様が持っていた手紙を奪うようにして読むと、そこにはアリアンヌ・バルテレスがデュノア公爵家の養女になったと書かれている。しかも、陛下の印が押されている正式な通達だった。

「どうして？　公爵家にはいなかったのでしょう？」

「どこか、領地かどこかにでも隠していたんだ。俺を馬鹿にしやがって!!」

「お父様、どこに行くの!?」

「あいつを連れ戻してくる！」

飛び出していったお父様だが、門番に阻まれて中に入ることもできなかったらしい。

数時間後、怒りつかれたのか、ぐったりした様子で帰ってきた。

「連れ戻せなかったの？」

「ああ。まずいな。今までのことが知られたら、この家は終わるかもしれん」

「そんな！」

「あいつがいなくなっていれば、なんとでも言い訳できたんだが」

「……まだ、大丈夫よ。こうなったのは全部、お姉様のせいだって噂を流してしまえばいいわ」

「どういうことだ？」

そこからお父様と相談して、伯爵家から出て行ったのはお姉様の意思だと噂を流すことにした。

お姉様が散財したせいで、バルテレス伯爵家はお金がなくなってしまった。もうお金がないとわかったお姉様は、伯爵家を捨てて出て行った。おそらく伯爵家でひどい目にあったと嘘をついて、デュノア公爵家の養女になったのだろう。今度は公爵家のお金を使い果たす気に違いないと。

今までもずっとお姉様はわがままで散財していると噂を流していた。きっと今度の噂も信じてくれるはず。

ちょうどよくお茶会の招待状が届いたのに、お母様は新しいドレスを新調できないというので、私だけでお茶会に出席することにした。私のクローゼットには、買ったけれど袖を通していないドレスが何着もある。これならしばらくは大丈夫そう。安心して、着替えるために侍女を呼ぶ。

「誰か来て！　ドレスに着替えるのを手伝ってちょうだい！」

前なら呼ばなくても私のそばにいた使用人たちが、最近は呼ばなければ来なくなった。何度も呼んで、ようやく来た侍女に手伝わせてドレスに着替える。最近、使用人たちの態度が悪い。辞めた者が何人もいるから手が足らないと言い訳ばかりだ。時間がないとイライラしながら準備を終えて馬車に乗った。

何度も深呼吸して、着くまでに気持ちを落ち着かせようとする。バルテレス伯爵家が生き残るためには私が頑張らなくては。お父様もお母様も頼りない。私がなんとかしなければいけないのだから。

今日のお茶会は伯爵家が主催のものだった。来年学園に入学する令嬢の顔合わせが目的のため、出席者は学園にいる令嬢や入学前の令嬢ばかりで、顔見知りが多かった。

お茶会が始まって早々、我慢しきれなかったのか近くに座っていた子爵家の令嬢が話しかけてくる。この令嬢はいつもお姉様の悪口を聞きたがる。今日も聞いてくれるだろうと思って、近くの席に座っておいてよかった。

「マーガレット様、お姉様がデュノア家の養女になられたというのは本当ですか？」

「ええ……本当よ。お姉様はドレスや装飾品が大好きで、買ってもすぐに飽きていらなくなってしまうの。公爵家で育ったせいで、自分も公爵令嬢のように勘違いしてしまって。ついにはバルテレス伯爵家のお金を使い果たしてしまって……」

「まぁ、そんなに？」

「お金がない家にはもういたくないと。伯父様のところへ勝手に行ってしまったの。お父様もお母様も、お姉様に捨てられたことを悲しんで……」

「それは大変でしたのね……」

「デュノア公爵家はこれからどうなってしまうのでしょう。そんな方を養女にして大丈夫なのかしら」

子爵令嬢だけじゃなく、周りにいた令嬢たちが私の話を信じて同情してくれる。デュノア公爵家の心配までしてくれるなんてうまくいったわ。

「アリアンヌ様がドレスをねぇ……それって本当の話なのかしら」

「え？」

少し離れたところに座っていた伯爵家の令嬢がぽつりとつぶやいた。たしかこの令嬢は二つ上だったはず。今までお茶会で一緒になったことはないけれど、何を言いだす気なの。

「私の家が持つ商会の仕立て屋に通達が来たのよね。偽のアリアンヌ様がドレスを仕立てているから、アリアンヌ様を名乗ってもドレスを売らないようにって」

「そんな通達が？　それっていつの話なのですか？」

「もう四年も前の話よ。アリアンヌ様は第二王子様の婚約者だったでしょう？　アリアンヌ様のドレスはすべて王家が仕立てているのよ。だからマーガレット様の話はおかしいと思って」

「四年も前？　マーガレット様、どういうことですか？」

「え……でも、あの」

何年か前からお姉様の名前でドレスを仕立てようとしても断られていた。王家からの通達があったって。宝石店でも同じように買い物ができなくなっていた。でも、そんなことは他の貴族には知られていないと思っていたのに。

さっきまで同情してくれていた令嬢たちが私をじっと見ている。何か言い訳をしなくちゃと思うのに、こんな風に見られていると何も思いつかない。

「えっと、ね。お姉様ってすごくわがままで、性格が悪くって」

「普通、自分の姉のことをそんな風に言うかしら」

「バルテレス伯爵家がアリアンヌ様を追い出したって噂もあったわよね」

「ええ、聞いたことがあるわ。夫人が育児放棄したから、デュノア公爵家で育てたって。伯爵は乳母すら雇わなかったとか、あまりにもひどいから信じなかったのだけど」

「両親が育児放棄した上で、実の妹にこんなこと言われていたんじゃ、私でも出て行きたくなるわ」

　どうしよう。まずい、このままじゃ私たちがしたことが知られてしまう。

「ねぇ、もういい加減にしたらどうなの？　あなたが嘘をついていたことはわかっているのよ。アリアンヌ様を貶めるためにひどい嘘をついて、孤立させようとしていたと」

「そ、そんなことはしていないわよ」

「ほら、また嘘をついた。素直に謝ることもできないのね。最低だわ」

　謝るって、どうして私が？　いけないのはお姉様であって、私じゃない。それなのに、伯爵家の令嬢だけじゃなく、今まで仲良くしていた令嬢たちまで私を冷たい目で見る。

「あ、ねぇ、あなたたちなら、私のほうが正しいってわかるわよね？」

「……いえ、私には。嘘をついていたって、私たちを騙《だま》したってことですよね？」

「そうよね。私たち、今までマーガレット様の話を信じていたから、アリアンヌ様がひどい人だと思っていたのに、全部嘘だったなんて。私たちにも謝ってください」

　謝る？　子爵家や男爵家のあなたたちに頭を下げろと言うの？　ありえないわ。

「……皆さん、行きましょう？　これ以上マーガレット様に関わらないほうがいいわ」

「そうね。これ以上、嘘つかれたくないですし」

「そうよ。こんな人の嘘を信じて、デュノア公爵家ににらまれたくないもの」

令嬢たちが席を立って、離れていく。私一人だけ残されて、誰も近づいてくれない。結局、誰も助けてくれないまま、お茶会の終了までぽつんと座っていた。帰る際の形式的な挨拶すらない。

その日から学園に行っても誰も近づいてこなくなった。もともと婚約者のディオとラザールとばかりいたけれど、顔見知りの令嬢たちは多かったのに、話しかけようとすると逃げられてしまう。

お姉様の悪い噂を誰も信じてくれなくなった代わりに、バルテレス伯爵家や私の悪い噂が流れていた。私とお母様がお茶会に誘われることもなくなり、お父様に仕事の話が来ることもなくなった。

王家からの支度金がなくなってしまい、食事が質素なものに変わっていく。こんな生活はみじめだけど、ディオと結婚すればファロ家がもっと支援してくれるはず。それだけが希望になっていた。

屋敷で働く使用人の数はますます減っていき、残った使用人たちは疲れたような顔をしている。ついには幼い頃からそばにいてくれたベティまで辞めると言い出した。

「どうしてよ、どうして辞めるなんて言うの？」

「そんなの、もうこの家が終わりだからに決まってるじゃないですか。給料も下がりましたし、もうここで働く意味は無いので出ていきます」

「そんな！　お父様に言えばお給料は出してもらえるわ！」

「お嬢様は本当にご自身の状況をわかっていないのですね。この家の評判は最悪なんですよ。没落するのに巻き込まれたくないんです。失礼します」

「嫌よ！　行かないで！」

必死で引き留めたのに、ベティは頭を下げるとそのまま出て行った。もう屋敷の中で私の話を聞いてくれるような使用人は残っていなかった。

このままでは使用人が全員いなくなってしまうかもと思ったけど、少しして辞める者はいなくなった。どうやらバルテレス伯爵家の紹介状を持っていても、次の働く場所が見つからないらしい。使用人が辞めなくなったのは、転職先がないために仕方なく残っているだけ。

私とお父様とお母様は生活していくのに精一杯で、ディオがしばらく屋敷に来ていないことにも気づいていなかった。今さえ乗り越えれば、うまくいくと信じていた。

11　デュノア公爵家での生活

今日から学園の新学年が始まる。

伯爵家の戸籍を抜けた時に辞めたことになっていたため、アリアンヌ・デュノアとして編入することとなった。

用意された服は落ち着いた紺色のワンピースだった。華やかではないが、首回りと袖や裾に同じ色のレースが縫い込んである。軽くて動きやすくて少し気分が上がる。

出かける準備を終えた頃、リオ兄様が部屋まで迎えに来た。

「うん、似合ってる。だけど、無理しなくてもいいんだよ。新学年になったからといって、今日から行かなくてもいい」

「ううん、大丈夫。無理はしていないわ。ずっとリオ兄様と一緒にいて、もう十分のんびりしたもの。学園に行けるくらい元気になったから！」

「そうか。それならいいが」

公爵家に帰ってきたころは不安で一人ではいられなかった。だけど、毎日リオ兄様と過ごして、公爵家の養女になって。リオ兄様とまた気持ちを確かめ合うこともできた。弱っていた心と身体は少しずつ癒えて、もう元通りだと思えるくらいだ。

だから、ちゃんと学園に通って卒業したいと思えた。学生会としての仕事もあるし、残り一年。学園を卒業するのはこの国の貴族としては当たり前のこと。リオ兄様の隣に立つ者として、恥ずかしくないようにしたい。

「だが、学園に行けばラザール王子やマーガレットがいるんだ。学年が違っても会うこともある。嫌な思いをするかもしれない」

「それはそうだけど、もうラザール様との婚約は解消されているし、バルテレス伯爵家からも籍を抜いているもの。関係がないのだから、むこうから絡まれても無視することにするわ」

ラザール様やマーガレットに会うことに不安がないわけじゃない。それでも、学園に行きたいという気持ちの方が強かった。せっかく仲良くなれたアニータ様、ジョセフ様とアリーチェ様とまた一緒に通いたい。急に会えなくなって、特にアニータ様は心配しているかもしれない。

「わかったけど、絶対に無理はしないで。何かあればすぐに言うんだよ。アリアはもう俺の婚約者なのだから、いつでも頼ってほしいんだ」

「ええ、何かあれば言うわ」

まだ婚約は公表できていないけれど、陛下からは許可が出ている。私がラザール様と婚約解消したばかりだから、公表するのは三か月後の精霊祭の夜会でということになっている。

筆頭公爵家の次期当主の婚約者となるなら、このまま嫌なことを避けているだけでは認めてもらえない。だから、逃げないと決めた。

何度もそれを伝えているのだけど、リオ兄様は私を一人にするのが不安なようだ。大丈夫だと言ったのに、なんとなく納得していない顔をしている。

私がバルテレス伯爵家に連れ戻されてから、リオ兄様が私のためにしてくれたことは聞いた。ずっと何年もあきらめずに私を奪い返そうとしてくれていたと知った時、涙が止まらなかった。私は辛い環境に耐えるだけで、何かを変える努力はしなかった。そのことが恥ずかしくて、これからは私もリオ兄様にふさわしくなるためにできるかぎりのことをしたいと思う。

リオ兄様と手をつないで玄関の外に出ると、馬車が準備を終えていた。

そこにいたのは御者のラルフだった。ラザール様の婚約者じゃなくなったのに、どうしているの？

「おはようございます」

「ラルフ、どうしてここに？　あなたは王家の御者じゃないの？」

「いいえ、私はアリアンヌ様の御者としてリオネル様に雇われているのです。ですから、今日からは公爵家の馬車の御者になります」

「どういうこと？　リオ兄様に雇われているって」

　よくわからずにリオ兄様に聞くと笑っている。

「そうだよ。王子妃教育の行き帰り、危険な目にあわないように俺が手配したんだ」

「本当に……？　ラルフまでリオ兄様が？　これは聞いてないわよ？」

「……全部言うのは恥ずかしいだろう？」

　雇い主がカリーヌ様でもラザール様でもないと聞いて、王家なのかと思っていたのに、まさかラルフの手配までリオ兄様だったなんて。だから、お母様から私を助けてくれたり、デュノア公爵家に連れて来てくれたんだ。

「ラルフはね、王宮騎士団の元副団長だよ」

「ラルフが王宮騎士団の副団長だったなんて。それなのに御者をお願いしていたの？」

　王宮騎士団の副団長ともなれば、平民出身なわけはない。それに副団長は子爵位を授かっているはず。御者をするような身分じゃないのに。

「大事な仕事だよ。アリアを守るために特別な任務を受けてもらっているんだ。ラルフだけじゃない。そこにいる三人も元王宮騎士団だ。伯爵家にいる時も馬車の前後を守っていた」

「え？　三人も守ってくれていたの……？　気がつかなかったわ」

馬車の後ろには馬が三頭と手綱を持った騎士が三人立っている。騎士たちは公爵家の護衛の装備をしている。

「伯爵家に迎えに行く時は、気がつかれないように離れておりましたから」

「叔父上に見つかったらアリアが何か言われていただろう？　だから見つからないように守らせていたんだ」

「そうだったの……。今までずっと守っていてくれて、ありがとう」

王家からの馬車なのに御者が一人だけだったことを、お父様たちは喜んでいた。私のことがどうでもいいからそんな扱いなんだと言って。元王宮騎士団が四人もついて守っていたとわかれば怒っていたかもしれない。

「これからもアリアが学園に通学する時は守ってくれるから。あとは、ルナ、サリー、ハンナが交代でつくから。何かあったらすぐに言うんだ。わかったね？」

「ええ、ありがとう！　一人でも大丈夫だって思ってたけれど、みんながついていてくれるのね。うれしいわ。みんな、これからもよろしくね！」

「「「はっ！」」」

「アリアンヌ様、今日は私がおそばにつきます」

「うん、ありがとう、サリー」

もう大丈夫だと思っていたけれど、やっぱりほんの少し怖かった。ラザール様やマーガレットとディオ様、そして私を冷たい目で見る学生たち。一人で立ち向かっていかなくてはと思うと、不安がないとは言えない。その不安が吹き飛んでしまうほどうれしい。

それにしても、リオ兄様は私を奪い返すためにどれほどのことをしてくれていたのだろう。この感じだと、まだ私が知らないことがある気がする。帰ってから聞いたら、全部話してくれるかな。

馬車に乗ってリオ兄様に手を振ると、馬車は動き出す。リオ兄様と離れるのも久しぶり。見慣れた学園に入って、馬車は止まる。サリーの手を借りて馬車を降りると、そこには意外な人たちが待っていた。

「アリアンヌ様、おはよう」

「おはようございます」

「おはようございます？　ジョセフ様とアリーチェ様？」

なぜかお二人がそこに立っていた。偶然、登校時間が重なったのかと思ったが、二人は私へ礼をする。

「え？」

「今日より、ジョセフ・イノーラはアリアンヌ様の護衛につきます。お許しいただけますでしょうか？」

「ええ？」

何を言っているのかと慌てていると、サリーが小声で教えてくれる。

「イノーラ家はデュノア公爵家の分家です。公爵家次期当主の婚約者の護衛になるのは名誉なことです。アリアンヌ様、許すとおっしゃってください」

「ゆ、許す？」

「ありがとうございます」

ジョセフ様がやっと頭を上げたと思ったら、次はアリーチェ様だった。

「アリアンヌ様。私はイノーラ家に嫁ぐことが決まっております。今日よりアリアンヌ様の学友としてそばにつくことをお許しいただけますか？」

「アリーチェ様まで！　え？　イノーラ家に嫁ぐ？」

「アリーチェ様はジョセフ様の婚約者です」

「そうなの!? え、あ、顔を上げて! 許します!」

「ありがとうございます」

やっとアリーチェ様も顔を上げてくれた。急にこんなことになって、心臓の音がうるさい。

「あの、ジョセフ様、アリーチェ様。公爵家の養女にはなったけど、前と同じようにしてもらえる? A教室の仲間だと思っていたのに、なんだか嫌だわ」

「ははっ。アリアンヌ様がそういうのであれば」

「そうですね。アリアンヌ様の要望ですものね」

いつものようににっこり笑ってくれる二人にやっと安心する。手紙では連絡していたけれど、会うのは久しぶりだ。

「それじゃ、サリー。行ってきます」

「いってらっしゃいませ」

見送ってくれるサリーに手を振って三人でA教室へと向かう。

「それにしても驚いたわ。ジョセフ様が分家なのは知っていたけれど、アリーチェ様が婚約者だったのね」

いつも一緒にいるから仲がいいのはわかっていたけれど、婚約したとは知らなかった。

「リオネル様の婚約が決まらないうちは公表できないから」

「あぁ、そういうことだったんだ。だから、もう公表してもいいのね」

「そういうこと。俺たちもずっと待ってたんだよ。アリアンヌ様が公爵家に戻って来てくれるのを」

「ん？」

まるでこうなることを予想していたかのような発言に、聞き返してしまう。

「ずっと私とジョセフはアリアンヌ様を見守るようにリオネル様から指示されていたの。危険な目にあうようだったら止めるようにと。それ以外はあまり近寄らないようにと言われていたのだけど」

「え？　でも、最近は普通に話してくれていたわよね？」

「それはまぁ、不可抗力？　同じ教室なのに話さないなんて無理だろう」

「ええ。四人しかいないのに仲良くならないなんて、そのほうが難しいですわ」

リオ兄様はここでも私を守ってくれていた。命の危険がある時は助けるようにと。それでも、私を助けてしまえばお父様が手放さなくなる。ぎりぎりのところまで見守るだけにするように言われていたんだと思う。

それなのに、ジョセフ様とアリーチェ様は他の学生たちからかばってくれた。そこまでは命じられていないだろうに、助けてくれたのは二人の判断なんだ。あの時の私は評判が悪く、精霊からも嫌われていた。そんな私を助けても何の得にもならない。その上、同じ教室の仲間として一緒に勉強してくれるなんて。

それを不可抗力だなんて言うジョセフ様にも、仲良くならないほうが難しいと言うアリーチェ様も、目が楽しそうに笑っている。きっとお礼を言っても、たいしたことはないと返されるだろう。でも、私は忘れない。つらかった時に手を差し伸べて友人になってくれたことを、何度でも思いだして感謝すると思う。このままでは泣いてしまいそうで、慌てて挨拶をする。

「二人とも、また今日からよろしくね」

「ああ、こちらこそ」

「ええ、もちろんだわ」

三人でA教室に入ると、もうアニータ様は席についていた。

「アニータ様！」

「アリアンヌ様！　良かった。本当に無事なのね」

駆け寄ってきたアニータ様は、私の両肩をつかむようにして確認してくる。あんな風に突然消えてしまったから、かなり心配させてしまっていたようだ。

「あぁ、うん。顔色が良くなったわ。目の下のクマもなくなってるし」

「心配させてしまってごめんなさい」

「ううん、手紙で事情はわかったから。アリアンヌ様が悪いんじゃないわ。あの馬鹿王子たちが悪いのよ」

「馬鹿王子って」

「なによ、本当のことじゃない」

見た目は小柄でふわふわな金髪だから可愛らしいのに、事情があって侯爵家を継ぐことが決まっているアニータ様はとても凛々《りり》しい。それでも私が苦笑いをしていると、安心したようにふわりと笑う。あまりにも可愛らしくて、つい抱きしめたくなってしまった。

「え、ちょっと？　アリアンヌ様？」

「アニータ様がいなかったら耐えられなかったかもしれないわ。本当にありがとう」

「もう。いいのよ、仲間じゃない。最後の一年、負けないで楽しみましょう？」

「ええ」

ふふと笑い合っていると、教師が入ってくる。私がいることに驚いたのか少し目を見開いていたが、何事もなく授業が始まる。あいかわらず教師からは、よく思われていないらしい。

午前中の授業を終え食事に行こうとしたら、ジョセフ様とアリーチェ様が私のところにきた。

「食堂に行くんだろう？　行こうか」

「え？　二人も一緒に？」

「当然でしょう。もうそばにいていいんだもの」

「そっか」

あまり近寄ってはいけないと指示されていたのを思い出した。もう公爵家に帰ったから、一緒に食事をしてもいいんだ。ずっと一人でいたから、食堂でジョセフ様やアリーチェ様と食べるのは初めてだ。そう思ったら、アニータ様だけいないのが残念に思い、声をかけてみた。

「ねぇ、アニータ様も一緒に行かない？」

「え？　私も？」

「だって、私たち三人だけで行くなんてさみしいわ。アニータ様も一緒に行きましょう？」

「……わかったわ」

一瞬だけ嫌なのかと思ったけれど、アニータ様の耳が桃色に染まっているのを見て、誘って良かったと思った。

そういえば、いつもはどうしていたんだろう。ジョセフ様とアリーチェ様は二人で食べているところをよく見たけれど。

「アニータ様、いつもはどうしていたの？」

「個室で侍女と食べていたのよ」

「え？　その侍女は一人にしても平気？」

今までアニータ様と食事をしていた侍女は、急に予定を変えられて困らないだろうか。そう思って聞いたら、アニータ様はすねたようにつぶやく。

「それは大丈夫。いつも文句を言われてたから」

「文句？　侍女から？」

「侍女だけど、乳姉妹でもあるのよ。学園の侍女待機室や使用人の食堂って、噂を仕入れるのにいい場所なのに、私が一人で食事できないせいで侍女仲間をつくれないって。早くお嬢様もお友達をつくってくださいねーなんて言われてたのよ。私がみんなと食事をするって言ったら、喜んで踊り出すと思うわ」

「そ、そうなの？　喜んでくれるならいいけど」

どうやら侍女には侍女たちの交流の場があるらしい。帰ったらサリーに聞いてみよう。

アニータ様の侍女に連絡を頼んで、四人で食堂へと入る。今まで一人でいた私が四人で席についたことで、周りの学生がざわめく。だけど、なんとなくいつもとは視線が違うような？

「何か、見られている気がする。私が一人じゃないのがそんなに不思議なのかしら」

「それもあると思うけど、一番の理由はアリアンヌ様の容姿だと思うよ」

「容姿？」

「ほら、髪の色とか雰囲気とか変わったじゃない。私たちは手紙をもらっていたから理解できるけど。白金色の髪のアリアンヌ様を馬鹿にできるようなものはいないでしょうね」

「白金色の髪……そっか」

白銀色、白金色の髪はこの国では特別なものだ。精霊に愛されている証拠だと言われている。だから、下級以下だったはずの私が白金色に戻ったことで、周りの学生は戸惑っているんだ。今までのように陰口を言っていいのかどうか迷って。

「俺は幼い頃のアリアンヌ様に会っているから、懐かしいと思ったけどな」

「そうね。ジョセフ様とは会っているものね」

「幼い頃のアリアンヌ様、可愛かったでしょうねぇ」

「それはもう。リオネル様がずっと抱き上げていたのを覚えているよ。ジスラン様が歩けなくなるぞって注意していて」

「うん、そんなこともあったわ」

今でもそうだと言ったらどうなるんだろう。ジスラン様が呆れていた顔を思い出して、とりあえずは黙る。

「アリアンヌ様がいなくなってから少しして、また変な噂が流れていたけれど、これでもうおさまるだろう」

「噂？」

「アリアンヌ様が公爵家の養女になった理由。伯爵家で散財しすぎてお金がなくなったから、アリアンヌ様が伯爵家を見捨てて出て行ったんだって」

「え？」

「どうせ言い出したのはマーガレット嬢だろう。自分たちで追い出したのに、アリアンヌ様が公爵家の養女になって焦ってるんだ。今までの悪行がバレたらまずいとでも思ったんじゃないか。まぁ、誰も信じてないけどね」

「そんな噂を流したとしても、高位貴族たちは真実がわかっているものね」

「そうなのね」

そういえばお義父様とお義母様が私を養女にする手続きをした時、王家と他の公爵たちには事情を説明したと言っていた。デュノア公爵と元王女の証言だもの。噂よりも信じるはず。

「三大公爵家はバルテレス伯爵家を見捨てることにしたようだよ。歴史ある伯爵家だったが、今は借金だらけのようだし。いつまでつぶれずにいられるだろうね」

「三大公爵家だけじゃないわよ。ジョセフ様とアリーチェ様のところもでしょう？もちろん、うちも切らせてもらったわ」

「侯爵家にまで切られたら」

「終わるでしょうね。まぁ、当然だわ」

にっこり笑う三人に思わず黙ってしまう。

バルテレス伯爵領はそれなりに広いけれど、他の領地との取引なしでは生きていけない。領民だけではなく、その税収で生活しているバルテレス家にも大きな打撃だろう。本来なら、デュノア公爵の弟として、この国の貴族の中でも権力ある立場だっただろうに。私のことがなかったら、これまで通り平穏に過ごせていたのだろうか。

学園が始まってから十日後、入学式が行われる。この一週間、学生会として準備を進めてきた。

例年ならもうすでに終わっているはずだが、学園長が代わることになったために少し日程が遅くなったらしい。昨年までの学園長は王弟ダニエル様だったが、誰に代わるのか。今日の入学式で発表になるからと、学生会の私たちにも知らされていない。

「それじゃあ、行ってきます」

「いってらっしゃい」

いつも通り馬車に乗ると今日の付き添い侍女はハンナだった。手を振っているリオ兄様に見送られて学園に向かう。

学園に馬車がつくと、ジョセフ様とアリーチェ様が待っていた。

わざわざ待たなくてもいいと言ったのだが、護衛にならないと断られた。ジョセフ様にも譲れないものがあるらしく、仕方なく受け入れることになった。

「おはよう、アリアンヌ様」

「おはようございます」

「おはよう、ジョセフ様、アリーチェ様。いい天気ね。雨が降らなくてよかったわ」

学生会の二学年が外に立って講堂まで誘導するので、雨が降らなければいいなと思っていた。

「なんだ、そんな心配してたんだ。アリアンヌ様が晴れたらいいって願ったら、晴れるのに」

「え？　どうして？」

「ジョセフ、アリアンヌ様は実際に精霊術を使ったことがないのよ」

「あぁそうか。実感がないのか」

「精霊術で晴らすことができるの？　知らなかったわ。精霊術の演習は出ていなかったもの。今年も授業に出られるかどうかわからないのよね」

今までは下級以下だったから、演習授業には出られなかった。他の学生が呼ぼうとした精霊まで逃げてしまうという理由で。途中からは座学ですら出席できなくなって、精霊術の教師には嫌われたままだ。

私が精霊に嫌われていたのは一時的なもので、特級に戻っていると言われたけれど、精霊教会で判定されたわけじゃない。だから授業に出るためには、新しい学園長の許可が必要だと言われた。

新しい学園長も私の噂を知って、嫌われていたらどうしよう。公爵家で家庭教師をつけてもらうことはできるだろうけど、できるならみんなと同じ授業を受けてみたい。

「教師たちも頭が固いというかなんというか。今までアリアンヌ様を邪険にしてたから認めたくないんだろう。新しい学園長が話がわかる人だといいけど」

「学園長って、基本的には王族が務めるはずよね？　王弟殿下が辞めるのは来年クロード様が入学するからかしら。でも、それだと一年早いわよね」

「そうよね。いったい誰なのかな。そうなるとアラベル様でもないでしょうし」

話ながら講堂に向かうと、もうすでにアニータ様は作業を始めていた。それを見て、私たちも慌てて作業を始める。

「あ、アニータ様。遅れてごめんなさい！」

「あら、おはよう、みんな。急がなくてもいいわよ？　私が早く来すぎただけだから」

「そうかもしれないけど、アニータ様だけにさせられないよ」

「アニータ様のおかげで入学生が来るまでに全部終わりそうね」

アリーチェ様がアニータ様を褒めたら、アニータ様の頬が赤くなる。自分でも気がついたのか、不自然に冷静な顔を装うから、みんな笑いをこらえながらの作業になった。一度ジョセフ様がからかったら、その日は口をきいてくれなかったことがあるから、アニータ様が恥ずかしがっている時はその事にふれないようにしている。

あっという間に準備が終わり確認していると、最初の新入生が入ってくる。自分の教室を確認してから並ぶように指示を出す。

この学年に顔見知りはいないはずと思ったが、白金の髪はめずらしいのか、ちらちらと見られているような気がする。

全員が並び終えた後、時間になると教師たちが入ってくる。壇上にあがった人を見て、声をあげそうになった。

「っ⁉」

両手で口をおさえ落ち着こうとしていたら、慌てているのが見えたのか、私へと微笑みかけて話し始める。

「入学した学生たち、学園へようこそ。学園長のリオネル・デュノアだ」

キラキラと光り輝く白銀の髪のリオ兄様に、令嬢たちから歓声があがる。

「あの方って、デュノア公爵家の次期当主様？」

「話に聞いていたよりも素敵だわ！」

「たしか婚約者はいらっしゃらないのよね」

「そうだけど、あなたが狙えるような方じゃないわよ。あきらめなさい？」

「わかっているわよ！　あこがれるくらいいいじゃない」

近くにいた令嬢たちがこそこそと話しているのが聞こえる。だけど、どうしてリオ兄様が？　という疑問で頭がいっぱいになって、私語を注意することができない。

「アリアンヌ様、知っていたの？」

「ううん、知らなかった」

アニータ様も驚いて小声で聞いてくる。後ろにいたジョセフ様たちを見ても、首を横に振っている。誰もリオ兄様が新しい学園長だって知らなかったんだ。呆然としている間に入学式は終わり、優秀者の表彰も終わっていた。

入学生は自分の教室へと移動し始める。在学生は授業がないため、私たちは終われば帰るのだが。

「アリア、ごめん。驚かせた」

「リオ兄様！　どうして教えてくれなかったの？」

「アリアが学生だからだよ。一人だけ先に知っているなんてずるいって言われかねないだろう。だから、俺だって言いたかったけど我慢していたんだ」

「それなら仕方ないのかな」

リオ兄様が黙っていたのに理由があるなら仕方ない。たしかに私だけ先に知ってい
たら、ずるいって言われそうだもの。学園では私はただの学生でしかないのだから。

リオ兄様は私の隣にいたアニータ様に気がついて、にこっと笑う。久しぶりに見た、
貴族向けの笑顔だ。

「アニータ嬢、いつもアリアと仲良くしてくれてありがとう」

「いえ、私がそうしたいだけですから」

「あぁ、わかっている。それでいいんだ」

アニータ様はリオ兄様とは初対面だからか、貴族らしく微笑もうとしているけれど、
少しひきつっている。ジョセフ様とアリーチェ様は家臣として頭を下げたままだ。

「ジョセフ、アリーチェ、顔を上げてくれ。これからもアリアを頼むよ」

「「はい」」

リオ兄様が声をかけると、やっと顔をあげる。二人とも緊張している？

「リオ兄様、あまり三人を困らせないで」

「そういうつもりじゃなかったんだけど。今日はこれで終わりだろう？　帰ろうか」

「リオ兄様も帰っていいの？」

「今日の仕事は挨拶だけだから」

　さすがに学園内だからか、抱き上げられることはなかったけれど、手をつながれて外に連れ出される。三人に手を振ると、ぎこちない感じで手を振り返された。そっか。三人にとっては、リオ兄様は遠い存在なんだ。

　馬車の前ではラルフたちとハンナがもう待っていた。みんなはリオ兄様のことを知っていたようで、驚くことなく笑顔で出迎えてくれた。公爵家に帰ると、すぐに動きやすい室内着に着替える。着替え終わる頃にリオ兄様が迎えにきて抱き上げられる。今日は昼食も一緒にできるのかな。

「学生会の仕事、がんばっていたな。お疲れ様」

「見ていたの？」

「控室の窓から講堂内が見えるようになっているんだ。四人で協力しているのが見えて、頑張っているなと思っていた」

「ふふ。みんなで頑張ったもの」

　四人とも褒められているんだとわかって、胸を張ったら頭をなでられた。食事中だけれど隣に座っているから、こういうことは多い。

「それにしても、どうして学園長に？」

「もともと、叔父上に頼まれていたんだ」

「ダニエル様に？」

「ほら、来年はクロードが入学するだろう。身内がいたらダメってことはないけど、父親がいるのは気まずいだろうからって言われて」

「そういうものかしら」

父親がいたら気まずいというのはよくわからない。ダニエル様とクロード様は仲が良かったと思う。

「気持ちはわかるよ。学園にいる時くらいは親から離れたいだろうし。それで引き受けることにはなっていたんだが、アリアが心配だから一年早く引き受けることにした。理由を話したら叔父上も賛成してくれたしね」

「私のためだったの？」

「もちろん。じゃなかったらわざわざ学園長なんてしないよ。学園にはラザール王子たちがいるからな。アリアに何をしてくるかわからない。警戒したほうがいいだろう」

「そうよね。警戒は必要かも……」

まだあれからあの三人には会っていない。ラザール様は王族用の個室で食事をとっているだろうし、学年が違うから校舎も違う。このまま会わないでいられたらと思うけれど、どうだろうか。

「それと、来週から隣国の王女が留学してくる。ラザール王子と同じ学年だ。何もなければいいんだが」

「王女が留学？」

「学年が違うから関わることは少ないだろうけど、もし何かあれば学園長室においで」

「学園長室に？　リオ兄様、もしかして毎日学園にいるの？　領地の仕事とか、王族の仕事は大丈夫なの？」

私が公爵家に帰ってきてからそばにいてくれるけど、本当はすごく忙しいはず。学園長まで引き受けて大丈夫なのか心配になる。

「少なくともアリアが卒業するまでは毎日行くよ。陛下と父上の許可はもらったから大丈夫。今までラザール王子にふりまわされたからね。お詫《わ》びなんだと思う」

「じゃあ、リオ兄様と一緒に通えるの？」

「もちろん。帰りもできるかぎり一緒に帰ろう」

「うれしい」

お義父様だけじゃなく、陛下の許可までもらっているなら大丈夫なのかな。それなら素直に一緒にいられることを喜んでもいいよね。何かあればリオ兄様がいると思えば、不安も薄れる。

それから学園内でのことを話し合って、一緒に馬車で通うけど昼食はA教室のみんなと取ることにした。リオ兄様がいたらみんな緊張してしまうだろうし、せっかく四人で食事ができるようになったばかり。ようやく楽しめるようになった学園生活。リオ兄様も笑って、昼は学園長室で食べるからと許してくれた。

だが、リオ兄様と登校した初日から問題が発生した。

精霊術の演習授業に出席許可が出たからと、A教室のみんなと演習場に入った。それなのに私がいることに気がついた教師からは出て行くようにと言われる。

「そこの令嬢は教室に戻りなさい。見学も許可しない」

「え。あの、授業を受けさせてください」

「だめだ。最初に許可しないと言ってあるだろう」

許可しないとは言われていたけれど、事情が変わったのだし、リオ兄様からの許可は得ているのに。

「アリアンヌ様の出席は学園長から許可が出ました」

「私はそんな許可は認めない」

ジョセフ様が教師に説明をしている間にアリーチェ様は外へ出て行く。もしかして、リオ兄様に知らせに行った？

「学園長が許可を出したのに、認めないのですか？」

「学園長だからといって、他の学生の授業の邪魔になることは許されない！」

どうしても私の出席を認めたくないのか、教師の声が大きくなっていく。痩せた長身の男性の教師は、私を嫌っている。座学の教師はそこまでではなかったのに、演習の教師は最初から私の出席を拒否した。下級以下は演習場に近づくなと言われていた。嫌がられるかなとは思っていたけれど、ここまで拒否されるとは思わなかった。リオ兄様が許可してもダメだなんて、よほど私が嫌いなんだ。

「邪魔をするのなら、君たちも出ていきなさい！」

「邪魔だという、その理由を教えてくれなければ納得できません！」

教師が顔を赤くし怒鳴り始めたが、ジョセフ様もあきらめない。止めたほうがいいのかとアニータ様に相談しようとした時、演習場にリオ兄様が入ってくるのが見えた。

やはりアリーチェ様は知らせに行ってくれたんだ。

「イガル先生、これはどういうことだ？」

「私はすべての学生に演習授業を受ける権利があると言っただろう」

「学園長！」

「ですが！　他の学生の授業の邪魔になります！」

リオ兄様が来ても教師は認める気はないのか、他の学生たちを手で差し示す。B教室と合同の授業になるので、そこにいたのはB教室の学生たちだ。B教室の学生たちは私がいるのが嫌なのか、うなずいている者もいる。

そういえば座学の授業もそうだった。B教室の学生たちから嫌がられて追い出されたっきり。教師も学生も謝ってくることはなく、あれ以降はA教室のみんなと自習していた。

どうしよう。座学だけでなく演習までそうなってしまったら。私が出なければみんなは授業を受けられるのに。

「実際に邪魔になったのを確認したのか？」

「え？」

「報告では、アリアンヌ・バルテレスは下級以下のため、演習授業の出席を認めなかったとあった。一度でも授業に出席して、他の学生の邪魔になると確認したのかと聞いている」

「そ、それはしていませんが、しなくても」

「していないのに、どうして言い切れる」

「いえ、ですが」

実際に何か起きたわけではない。私は最初から授業に出ていないのだから。それを言われたら困るのか、教師はしどろもどろになり始めた。

「下級以下だろうと、学生には授業を受ける権利がある。それを教師の考えだけで拒むというのはどうなんだ？」

「私は学生のことを考えて！」

「それなら学園長の許可を得てからにするべきだったな。イガル先生は勝手に判断している」

「そ、それは」

学園長の許可を得ずに拒否していたのはまずいとわかっているのか、リオ兄様に反論できずに黙る。だが、リオ兄様は頭ごなしに私の出席を認めろというつもりはないようだ。教師へ向かって、にっこりと笑った。

「何もそのことを問題にするつもりはない。他の学生の邪魔になるというのなら、私だって無理に出席させろとは言わない」

「そ、そうですよね？」

「だが、確認すらしていないのはおかしいだろう。今、ここで授業をしてみろ。何か不都合があれば、その時に対応する」

「わかりました。すぐにわかるでしょう」

何か問題が起きたら排除していいと聞こえたのか、教師は気を取り直したように私たちへと向き直った。

「それでは、まず精霊を呼び出すんだ。祈りをささげ、呼び出した精霊の力を貸してもらう」

精霊をここに呼び出す？　精霊の住処があるわけでもないのに、呼んできてくれるのかな。

そう思ったけれど、教師が祈ると精霊が集まってくる。それを見て、周りの学生たちも祈り始めた。ちらほらと精霊の光が集まり始める。A教室の三人は優秀なのか、たくさんの精霊が集まっているのが見えた。

「アリア、やってごらん。大丈夫だ」

「リオ兄様。わかったわ」

見守るように後ろにいたリオ兄様に励まされ、精霊に呼び掛ける。

「精霊たち、おいで。遊ぼうか」

いつも通りに呼んだら、たくさんの精霊たちが集まってくる。こんなにたくさんの精霊、どこに隠れていたんだろう。今までこんな風に外で呼んだことがなかったからか、あまりの勢いに押され座り込みそうになる。それをリオ兄様が後ろから支えてくれた。

「お前たち、少しは加減をしろ。アリアが倒れてしまうだろう」

リオ兄様の言葉が聞こえたのか、精霊の勢いは弱まった。それでも、後から後から精霊たちが集まってきて、まぶしいほどになってしまった。

「な、なぜ?」

誰かがつぶやいているのが聞こえて目を向ける。そこには精霊がいなくなって呆然としている教師の姿があった。

「どういうことだ!」

「俺が呼んでも来ないなんて」

「さっきまでいたのに。どこに行ったの!」

教師だけじゃなかった。B教室の学生たちの周りからも精霊がいなくなっている。

「リオ兄様、どういうこと？」

「簡単なことだよ。精霊がアリアと遊びたいから寄ってきてしまったんだ」

「みんな？　他の人が呼んだ精霊も？」

「全部じゃないよ。ほら、A教室のものが呼んだ精霊はそのままだ」

「本当だわ」

言われてみたら、A教室のみんなが呼んだ精霊はそのままだ。指示を待っているのか、三人のまわりをふわふわと浮かんでいる。

「さて、これで確認できたな。たしかにアリアがいては授業にならないだろう」

「が、学園長」

精霊がいなくなってしまった教師は青ざめた顔のままだ。今にも倒れそうな教師に向かって、リオ兄様は授業の指示を出した。

「今後はA教室とB教室の演習はわけるように」

「わけるのですか？　一人で二つの演習場を見るのは無理です！」

「大丈夫だ。A教室の授業は私が担当する」

「はぁ？」

「仕方ないだろう。アリアの前で精霊を呼べないんじゃ教えられない」

「そ、それは」

私に精霊が寄ってきてしまっては授業にならない。だからといって、リオ兄様が授業をするって。みんな、大丈夫かな。私はうれしいけど。

「幸い、Ａ教室の他の学生は大丈夫なようだからな。アリアと一緒の授業でも問題ないはずだ。三人とも上級だから特級に奪われなかったんだ」

「特級ですと⁉」

「この状況を見てアリアが上級だと思うのか？　隣にいるジョセフと比べたらわかるだろう。ジョセフ、上級だったよな？」

「は、はい！　そうです！」

「ほら、どう考えても特級しかありえないだろう」

「そんな！　下級以下だと聞いていたのに……特級だったなんて」

崩れ落ちた教師はそのままに、リオ兄様は私たちへと向いて笑った。

「さぁ、行こうか。違う場所に移動しよう。とりあえず、一度精霊たちは帰してくれ」

「わかったわ」

精霊たちに一度離れるように言うと、演習場から光が消える。崩れ落ちたままの教師と落ち込んだ様子のB教室の学生たち。それらをそのままに、私たちは演習場から出た。

リオ兄様が案内した先は個人演習場だった。さきほどの演習場よりも小さいが、四人なら問題なく使えるはず。

全員が中に入った時、アニータ様がそっと手をあげた。

「あの、学園長」

「どうした？」

「私は上級ではありません。中級です。この授業に出席していいのでしょうか？」

さっき、リオ兄様が三人とも上級だと言ったせいか、アニータ様がうつむいて震えている。ここにいるのがふさわしくないとでも思っているのかもしれない。放っておけなくて、アニータ様の手をそっとにぎる。

「リオ兄様、アニータ様も一緒に」

「大丈夫だよ。アニータ嬢に出て行けなんて言わないから。四人で授業をしても問題はない」

「よかった」

四人でほっとしていたら、リオ兄様はアニータ様に驚くことをつげた。

「アニータ嬢は上級だよ」

「え？ ですが、判定では」

「十二歳の時は中級だったんだろう。これは他言しないでほしいんだが、精霊は恩返しをする」

「恩返しですか？」

聞いたことがない。王子妃教育でもそんなことは学ばなかった。

「精霊は愛し子《いとご》を大事にしている。だから、愛し子を守ってくれる者も大事にするんだ」

「愛し子？ それはアリアンヌ様のことでしょうか？」

みんなが一斉に私を見る。

「ええ？ 私？」

「そうだ。心当たりがあるだろう。学園に入ってから一人でいたアリアを、遠くから見るだけだった精霊は悲しんでいた。そこに声をかけ、傷つけるものから守ったのはアニータ嬢だった。中級から上級になったのは、精霊からの感謝だと思う」

「アリアンヌ様のおかげなのですか？」

なんだか私へお礼を言いだしそうなアニータ様を止める。

「アニータ様、違うわ。それは心が美しいアニータ様がしたことを、精霊たちが認めてくれたからだと思うわ。アニータ様が上級にふさわしいと精霊が思ったのよ」

「アリアンヌ様……」

「アリアの言うとおりだ。下心があれば精霊は見抜く。純粋にアリアを助けようと思うアニータ嬢に精霊が魅《ひ》かれたんだろう。ジョセフとアリーチェも力が強くなったと感じたんじゃないか？」

「感じました。いつもよりも倍以上精霊が寄ってきていました」

「私もです。驚いていたところでした」

どうやら精霊は三人に恩返しをしたようだ。

「こんなことが知られたら、ただでさえ特級には変なものが寄ってくるのに、下心だらけの奴が殺到してしまうだろう。だから、これは秘密になっているんだ。言うなよ？」

「わかりました」

「絶対に言いません」

変なものが寄ってくる。私が特級だということはまだ公表されていない。もしかしたら、これから変なものが寄ってきたりするのだろうか。

それで三人に迷惑をかけたら嫌だなと思っていたら、アニータ様は別なことを悩んでいたようだ。

「私が上級になったことは、どう説明したらよろしいでしょうか？」

「そうだな。判定が間違っていたとでも言えばいい。そういう事例が過去にあったから、問題ないだろう」

「わかりました」

私自身も下級以下だと判定されたのに特級なのだから、アニータ様のことはそれほど目立たないと思う。精霊教会の判定の仕方を見直すとか、そういう話にはなるかもしれないけれど。

特級一人に上級三人という、前例のないA教室の評判はあっという間に広がり、それを見抜けなかった教師は学園を辞めてしまった。

自信をなくしたというよりも、あれ以来精霊が寄って来なくなってしまったらしい。精霊の恩返しがあるのなら、その逆もあるのかもしれない。そう思ったけれど、リオ兄様には聞かないでおいた。

学園から帰ると、リオ兄様と二人きりで過ごす時間が増えた。離れていた八年間を取り戻すようにたくさんのことを話している。私が思っていたよりも精霊の怒りはひどかったために、それをなだめるリオ兄様の仕事は忙しかったそうだ。

リオ兄様は私が毎日学園でどんなことをしてきたのかを聞きたがった。A教室の四人での授業は楽しく、毎日話しても話し尽きることはない。

「やっと本当の学園生活を送らせてあげられるよ」

「もしかして、精霊術の座学の教師が変わったのもリオ兄様のおかげ？」

「ああ。そんな権利もないのに学生を追い出して謝罪もしないなんて、ありえないだろう。それに、あの教師も精霊に嫌われたようだ」

「そうなの？」

あの教師も精霊に嫌われたんだ。もしかしなくても私のせいよね。そう思って気分が落ち込んでしまったら、ひざの上に引き上げるようにぎゅうっと抱きしめられる。

「アリアのせいじゃないよ。自分のしたことが返ってきているだけなんだ。意地悪しなければよかった、ただそれだけのことなんだよ」

「意地悪……うん、そうだね」

「精霊が近寄れない間も、優しかった人はいただろう？　だから、冷たくしてきた人のことをアリアが心配してやらなくてもいいんだ」

「うん、わかった。もう気にしないね」

「俺はアリアが幸せだって笑ってくれる顔が一番好きだよ」

そっとリオ兄様の口づけが降ってくる。髪やひたい、頬や鼻に。そして、くすぐったくて笑ったら目が合って、ゆっくりとくちびるが重なる。

もう二度と離れたりはしない。そう誓いながら。

その頃、隣国アーネルの王宮では王女クリステルが留学のために王宮を出る準備を急がせていた。

「まだ出発できないの？　早くしてよ」

「もうじき、準備が終わります」

「そう。急がせてね」

豊かな胸が見えそうなドレス姿でソファにもたれかかりながら、クリステル王女が読んでいた報告書には、これから留学する国の王族や貴族令息について書かれていた。

その中の一人を指でなぞり、楽しそうに微笑む。

「リオネル・デュノア、ね。公爵家の令息なら私にふさわしいわ」

＜初出＞

本書は、「小説家になろう」に掲載された『あなたたちに捨てられた私はようやく幸せになれそうです』を加筆・修正したものです。

※「小説家になろう」は株式会社ヒナプロジェクトの登録商標です。

この物語はフィクションです。実在の人物・団体等とは一切関係ありません。

◇◇メディアワークス文庫

あなたたちに捨《す》てられた私《わたし》は、ようやく幸《しあわ》せになれそうです〈上《じょう》〉

gacchi《がっち》

2025年1月25日　初版発行

発行者　山下直久
発行　株式会社KADOKAWA
〒102-8177　東京都千代田区富士見2-13-3
0570-002-301（ナビダイヤル）
装丁者　渡辺宏一（有限会社ニイナナニイゴオ）
印刷　株式会社暁印刷
製本　株式会社暁印刷

ISBN978-4-04-915945-5 C0193

メディアワークス文庫　https://mwbunko.com/

本書に対するご意見、ご感想をお寄せください。

あて先
〒102-8177　東京都千代田区富士見2-13-3
メディアワークス文庫編集部
「gacchi先生」係

◇◇◇

辺境領主令嬢の白い結婚

藍野ナナカ

わけあり契約婚夫婦が織りなす
波乱と癒しの新婚ラブファンタジー！

　辺境領主令嬢のオルテンシアはある日、王妃から命を狙われている第二王子のトゥライビス殿下を辺境領で匿うため、殿下と契約結婚をすることに。

「夫」となった殿下は辺境領独自の動植物に目を輝かせ、不遇な生い立ちなど感じさせない強さを持った美青年だった。そんな殿下と過ごすうちにオルテンシアは恋心を抱いてしまう。しかし、オルテンシアには殿下には知られたくないある秘密があって──。

　互いにわけありな契約婚夫婦が紡ぐ、波乱と癒しの新婚ラブファンタジー！

犬を拾った、はずだった。

わけありな二人の初恋事情

縞白

犬に見えるのは私だけ？？

新感覚溺愛ロマンス×ファンタジー！


ボロボロに傷ついた犬を拾ったマリスは自宅で一緒に生活することに。

そんな中、ある事件をきっかけにマリスの犬がなんと失踪中の「救国の英雄」ゼレク・ウィンザーコートだということが判明する！

普段は無口で無関心なゼレクがマリスにだけは独占欲を露わにしていることに周囲は驚きを隠せずにいたが、マリスは別の意味で驚いていた。

「私にはどこからどう見ても犬なんですけど⁉」

摩訶不思議な二人の関係は、やがて王家の伝説にまつわる一大事件に発展していき——⁉

メディアワークス文庫